Bajo el sol de Sicilia
Lucy Monroe

Bianca
HARLEQUIN

Editado por HARLEQUIN IBÉRICA, S.A.
Núñez de Balboa, 56
28001 Madrid

© 2009 Lucy Monroe. Todos los derechos reservados.
BAJO EL SOL DE SICILIA, N.º 1940 - 19.8.09
Título original: Valentino's Love-Child
Publicada originalmente por Mills & Boon®, Ltd., Londres.

Todos los derechos están reservados incluidos los de reproducción, total o parcial. Esta edición ha sido publicada con permiso de Harlequin Enterprises II BV.
Todos los personajes de este libro son ficticios. Cualquier parecido con alguna persona, viva o muerta, es pura coincidencia.
® Harlequin, logotipo Harlequin y Bianca son marcas registradas por Harlequin Books S.A.
® y ™ son marcas registradas por Harlequin Enterprises Limited y sus filiales, utilizadas con licencia. Las marcas que lleven ® están registradas en la Oficina Española de Patentes y Marcas y en otros países.

I.S.B.N.: 978-84-671-7334-5
Depósito legal: B-26238-2009
Editor responsable: Luis Pugni
Preimpresión y fotomecánica: M.T. Color & Diseño, S.L.
C/. Colquide, 6 portal 2 - 3º H. 28230 Las Rozas (Madrid)
Impresión y encuadernación: LITOGRAFÍA ROSÉS, S.A.
C/. Energía, 11. 08850 Gavá (Barcelona)
Fecha impresion para Argentina: 15.2.10
Distribuidor exclusivo para España: LOGISTA
Distribuidor para México: CODIPLYRSA
Distribuidores para Argentina: interior, BERTRAN, S.A.C. Vélez Sársfield, 1950. Cap. Fed./ Buenos Aires y Gran Buenos Aires, VACCARO SÁNCHEZ y Cía, S.A.
Distribuidor para Chile: DISTRIBUIDORA ALFA, S.A.

Capítulo 1

VALENTINO Grisafi apartó un mechón de cabello del rostro de su querida, que dormía.

Querida. Una palabra muy antigua para una mujer muy moderna. A Faith Williams no le gustaría la etiqueta. Si fuera lo bastante estúpido como para utilizarla cuando ella pudiera oírla. Su *carina americana* no era una flor marchita.

Guapa americana. Eso era lo que la describía. Pero ¿no debería dejar de pensar en ella como una querida?

Sus ojos del azul de las plumas del pavo real echarían chispas y le explicarían así lo inapropiado del término. Y ella tenía razón. Él no pagaba sus facturas. No le compraba la ropa. Daba lo mismo las horas que pasasen juntos, ella no vivía en su apartamento de Marsala. Ella no dependía para nada de él, sólo estaba en su compañía.

Así que no era una querida. Pero tampoco su novia. No había lugar para el amor ni para el compromiso a largo plazo entre ellos. Era una relación puramente física, su duración y profundidad estaban dictadas exclusivamente por la conveniencia. Sobre todo la de él, aunque tampoco era que Faith no tuviera nada que decir al respecto.

Ella podría dejarlo tan fácilmente como él a ella. Por suerte para los dos, la relación, en los términos en que estaba planteada, satisfacía a ambos.

Quizá además eran amigos y él no se arrepentía, pero eso había llegado después. Después de haber descubierto el modo en que su dulce cuerpo respondía a la menor de sus caricias. Después de que los besos hubieran ablandado su cerebro y la resistencia de ella. Después de haber aprendido de cuánto placer podía disfrutar gozando de su generosa sensualidad una vez desatada. El sexo entre los dos era algo fenomenal.

Lo que no dejaba ninguna duda sobre por qué ya sentía como una pérdida las semanas que tenía por delante.

Recorrió el perfecto óvalo de su rostro y se acercó a su oído para decirle:

–*Carina*, tienes que despertarte.

Ella arrugó la nariz y en su boca se dibujó una mueca de rechazo mientras mantenía los ojos cerrados.

–Vamos, *bella mia*. Despierta.

–Si hubieras venido a mi apartamento, podría haberme quedado durmiendo mientras tú te vestías y te ibas –gruñó contra la almohada.

–Yo también me voy, *carina*. Lo sabes –le gustaba desayunar con Giosue, su hijo de seis años y luz de su vida–. Además no te despierto para que te marches, tenemos que hablar –Faith entreabrió los ojos, pero no cambió el gesto de la boca–. Con ese gesto estás adorable, ¿lo sabías?

Ella se sentó y lo miró con gesto de entre enfado y sorpresa, con la sedosa sábana de algodón egipcio color mandarina, que ella había insistido que pusieran en la cama, agarrada sobre el pecho.

–Algunas personas no encuentran atractivas las manías, Tino.

–¿Qué puedo decir? –se encogió de hombros y reprimió una sonrisa–. Soy diferente. O quizá lo eres tú.

No recuerdo encontrar a otras de mis *amantes* tan monas cuando se enfadaban.

No le gustaba usar la palabra «amante», pero era mucho mejor que referirse a ella con el incorrecto apelativo de querida. Y casi lo había dejado sin piernas por referirse a ella en una ocasión como compañera de cama. Le había dicho que, si quería usar un término tan frío, debía considerar comprarse una muñeca hinchable.

Por qué lo asaltaban esos pensamientos esa noche, no lo sabía. No solía dedicar mucho tiempo a definir el lugar que ella ocupaba en su vida, no era muy partidario de las etiquetas. Entonces ¿por qué le preocupaban tanto esa noche?

–No tengo ningún interés en oír historias sobre sus pasadas conquistas, *signor* Grisafi –parecía que se estaba empezando a enfadar.

–Me disculpo, pero sabes que no era un muchacho sin experiencia cuando nos conocimos –ya había amado y perdido a una esposa, por no mencionar a las mujeres que habían calentado su fría cama después.

Faith y él llevaba juntos casi un año, mucho más de lo que había estado con ninguna otra mujer tras la muerte de su amada Maura. Pero eso no alteraba su pasado.

–Ninguno de los dos era virgen, pero no está bien comentar las relaciones de antiguos amantes en la cama del actual.

–Te noto muy preocupada por el protocolo –bromeó él.

Nunca había conocido a nadie menos preocupada por las apariencias y las convenciones sociales. Su *carina americana* era la quintaesencia del espíritu libre.

–Quizá no, pero es la única norma social que respeto al cien por cien.

—Anotado.
—Bien —se acurrucó contra el pecho de él apoyándose en el muslo y provocando alguna reacción en regiones cercanas—. Decías que no me despertabas para decirme que me fuera.
—No. Tenemos que hablar.
—¿Sobre qué? —inclinó la cabeza para mirarlo.

No pudo evitar inclinarse y besarla en la punta de la nariz.

—Eres realmente adorable recién despertada.
—Pensaba que lo era cuando estaba enfadada.
—¿Te has despertado alguna vez sin estar irritable?
—Estoy de un carácter radiante por la mañana. Claro que no puedes saberlo porque nunca hemos pasado juntos toda la noche, pero te doy mi palabra de que es así. Sólo me quejo cuando tengo que despertarme después de haber quedado saciada de tu hermoso cuerpo.

Era una vieja discusión. Ella nunca había aceptado completamente de buen grado su rechazo a pasar la noche entera juntos. Entendía su deseo de desayunar con su hijo, pero no su insistencia en dejar el lecho después de un corto sueño tras hacer el amor.

—Sea lo que sea, hay algo que tengo que decirte.

Faith se puso rígida y en sus ojos se reflejó un instantáneo recelo emocional.

—¿Qué?
—No es nada malo. Bueno, no demasiado malo. Es sólo que mis padres van a hacer un viaje. Quieren visitar a unos amigos en Nápoles.
—¿O sí? No lo sabía.
—Claro, no te lo había dicho.
—¿Y?
—Y no puedo dejar a Giosue solo por la noche sin sus abuelos que lo cuiden —aunque estuviera el servi-

cio de su viñedo, Viña Grisafi, y un ama de llaves que tenía su habitación en la casa, no era lo mismo.

–Lo comprendo –por su expresión él habría dicho que era cierto–. ¿Cuánto tiempo se marchan tus padres?

–Sólo dos semanas.

–¿No te veré nada?

–Es improbable.

Pareció como si ella quisiera decir algo, pero finalmente se limitó a asentir.

–Voy a echarte de menos –reconoció él, y después frunció el ceño; no había querido decir eso–. Esto –recorrió el cuerpo de ella con una mano–. Esto es lo que voy a echar de menos.

–Te he oído la primera vez, tipo duro. Ya no puedes borrarlo. Puedes admitir que te gusta mi compañía tanto como yo en la cama.

–Puede que lo mismo –la apoyó en el colchón y la besó en los labios–. Y hablando de sexo, voy a tener que pasarme dos semanas sin ti, creo que deberíamos aprovechar el tiempo que estemos juntos.

–¿Te he dicho que no alguna vez? –preguntó ella entre risas.

–No, y esta noche no es momento para empezar.

Faith se despertó rodeada por el calor y el aroma del hombre que amaba.

Abrió los ojos y una sonrisa iluminó su rostro. No había sido un sueño. Después de haber hecho el amor de madrugada, Tino le había pedido que se quedase a pasar la noche con él. Por primera vez.

Bueno, a lo mejor no se lo había pedido... más bien le había informado de que ella se quedaba, pero el resultado había sido el mismo. Estaba entre sus brazos, en su cama... por la mañana después de haber hecho el amor.

Y era maravilloso. Tan delicioso como había pensado que sería.

—¿Estás despierta? —su profunda voz vibró encima de ella.

Faith levantó la cabeza que tenía apoyada en su pecho y le dedicó la amplia sonrisa.

—¿Qué te parece?

—Parece que me has dicho la verdad sobre que te levantas radiante por la mañana. Quizá debería empezar a llamarte *solare*.

¿Sol? Sintió un estremecimiento en el corazón.

—Tay solía llamarme sol.

—¿Un antiguo novio? —preguntó Tino con un gruñido—. Tienes razón, comentar amores pasados en la cama es definitivamente de mal gusto.

Ella se echó a reír, ni de lejos ofendida.

—Era mi marido, no un antiguo novio —dijo, y salió de la cama con idea de preparar café.

—¿Has estado casada?

—Sí.

Era sorprendente que por primera vez en el año que llevaban juntos le comentara que había estado casada. Pero bueno, ésa era la naturaleza de su relación. Tino y ella se habían concentrado en el presente cuando estaban juntos.

Sabía más de él, y de su trágico pasado, por su madre que por él. Bastante extraño que Tino no mostrara ningún interés por su arte mientras que su madre era una entusiasta. Se habían conocido en una de las exposiciones de Faith en Palermo. A pesar de la diferencia de edad entre ambas, las dos mujeres se habían entendido inmediatamente y se habían emocionado al saber que vivían tan cerca. La Viña de Grisafi estaba a apenas veinte minutos en coche desde el pequeño apartamento de Faith en Pizzolato.

No era que hubiera ido allí como invitada de Tino. Llevaba viendo a Tino dos meses cuando se había dado cuenta de que el Valentino tan frecuentemente mencionado por Agata era Tino, el hombre con quien hacía el amor. Al principio le había parecido desconcertante, pero pronto se había adaptado. Sin embargo, no había dicho a Agata que salía con Tino.

Había tenido que mantener discreta su relación y había sentido que era prerrogativa de él decidir cuándo le hablaba a su familia de ella.

Por otro curioso capricho del destino, Faith también era profesora de Giosue. Daba clase de arte en la escuela primaria de Marsala una vez a la semana. Había perdido su primera oportunidad de ser madre, pero seguía adorando a los niños y ése era su modo de pasar algo de tiempo con ellos. Giosue era un auténtico muñeco y entendía perfectamente el deseo de Tino de dedicarle tiempo. Lo aplaudía.

—¿Divorciada? —preguntó Tino con las cejas arqueadas.

—Viuda —no añadió nada más sabiendo que Tino querría saber los detalles.

Ella nunca daba detalles, no sobre su historia personal.

Decía siempre que le gustaba concentrarse en el aquí y ahora. Dado que ése era su lema personal, no era un obstáculo que él no mostrara ningún interés por su vida antes de Sicilia.

Tenía que reconocer, también, que tampoco mostraba mucho interés por su vida allí.

Sabía que ella era artista, pero no estaba segura de que supiera que fuera una de éxito o que fuera escultora en arcilla. Sabía que ella vivía en Pizzolato, una pequeña ciudad a pocos minutos al sur de Marsala, pero dudaba que supiera exactamente dónde estaba su apartamento. En el año que llevaban juntos sólo habían hecho el amor en un sitio: el apartamento de él.

No en su casa, porque él no vivía allí. Decía que lo mantenía por motivos de trabajo, pero ella pensaba que se trataba de conseguir mantener relaciones sin que su madre lo viera. Tino tenía mucho cuidado en mantener sus vidas separadas.

Al principio a ella no le había importado. No tenía más interés que él en una conexión de mayor profundidad emocional. Él le había prometido sexo y eso era lo que le había dado.

El problema era que en algún momento del camino ella se había dado cuenta de que no podía evitar darle amor.

Aun así, estaba contenta de mantener su relación en un nivel superficial. O al menos se había convencido a sí misma de que era así. Había perdido a todas las personas que había amado y estaba segura de que algún día lo perdería también a él. Eso no significaba que no hubiera disfrutado de pasar la noche entera con él, lo había hecho. Pero, como en todo lo demás, cuanto menos enredadas estuvieran sus vidas, mejor para cuando llegara ese momento.

Al menos así era como había pensado. Pero ya no estaba tan segura.

—¿Eso es todo lo que me tienes que decir sobre la materia?

Pulsó el botón de puesta en marcha de la cafetera y se volvió hacia él.

—¿Qué?

—Tu marido murió.

—Sí –¿aún seguía con eso?

—¿Cómo?

—En un accidente de coche.

—¿Cuándo?

—Hace seis años.

—Nunca me lo habías dicho –se pasó los dedos por el pelo.

—¿Querías que lo hubiera hecho?

—Sería lo normal que alguna vez en un año hubieras mencionado que eres viuda –entró en la cocina y se apoyó en la encimera.

—¿Por qué?

—Es una información importante sobre ti.

—Sobre mi pasado –la miró con el ceño fruncido–. Prefieres centrarte en el presente y no en el pasado. Lo has dicho tantas veces, Tino. ¿Qué pasa?

—Quizá que siento curiosidad sobre la mujer con la que me llevo acostando un año.

—Casi un año.

—No seas puntillosa.

—Me alegro de que sientas curiosidad.

—Yo... –por primera vez desde que pudiera recordar, su amante, el extra frío Valentino Grisafi, parecía haberse quedado sin palabras.

—No te preocupes, Tino, no es algo malo.

—No, no, claro que no. Somos amigos además de amantes, *si?*

—Sí –se sintió más que aliviada por que él lo viera así.

—Bien, bien –un segundo de silencio–. ¿Vamos a desayunar o sólo tomamos café?

—Podemos desayunar.

—Sabes cocinar, ¿verdad? –preguntó con gesto de sorpresa.
—No todos somos ricos viticultores, Tino –dijo entre risas–. Algunos no podemos permitirnos un ama de llaves o comer siempre fuera de casa... por lo que saber cocinar se convierte en algo esencial. Pero no me importa decírtelo, se me da especialmente bien.
—Me reservo el juicio.
Ella se echó a reír y se lanzó sobre él para someterlo a base de cosquillas o, al menos, reírse mientras él intentaba sujetarle los dedos.

Faith terminó la tercera escultura de una mujer embarazada que había hecho en muchos días. No había hecho mujeres encinta desde que había perdido a su bebé en el accidente que había acabado con la vida de Taylish y terminado con su posibilidad de tener familia.
O eso había creído ella.
Se apretó el plano vientre con la mano manchada de arcilla. Le había llevado cuatro años y una tratamiento de fertilidad quedarse embarazada la primera vez.
Su primer embarazo había sucedido sólo dos meses después de casarse con Taylish. Había sido una gran felicidad ver el positivo en la prueba de embarazo, felicidad que había terminado cuando semanas después el embarazo resultó ser ectópico y habían tenido que interrumpirlo.
Aquello no les había hecho desistir de volver a intentarlo. Ambos deseaban tener hijos de un modo desesperado. Después de un año de intentarlo sin resultados positivos había acudido al médico. Las pruebas mostraron que a ella sólo le había quedado un ovario en funcionamiento tras el embarazo ectópico.

La especialista en fertilidad les dijo que eso reducía las posibilidades de quedar embarazada, pero les dio un plan para que siguieran que podría aumentar las posibilidades de concebir. Había sido algo penoso y que provocó una vida sexual sin pasión y sólo con criterios médicos.

Pero funcionó. Cuando la tira del análisis se volvió azul, Faith se sintió la mujer más feliz del mundo. Esa vez lo vivió como un milagro.

Tino tenía cuidado de ponerse siempre preservativo. El número de veces que habían esperado a ponerse el preservativo después de algunos juegos y la única vez que se les había roto, podían contarse con los dedos de una mano. Sin embargo, una de esas veces en que habían retrasado la protección había sido un par de meses antes.

Con sólo un ovario en funcionamiento, sus ciclos menstruales eran erráticos. Nunca le prestaba la más mínima atención a los retrasos. Tampoco era la primera vez. La posibilidad de un embarazo ni siquiera se le pasaba por la cabeza. Ni siquiera sintiendo los pechos excesivamente tensos, lo había achacado al síndrome premenstrual. Tampoco aunque el olor a beicon le hiciera sentir nauseas. En cualquier caso no era una gran comedora de carne.

Tampoco a pesar de que se sentía cansada por las tardes. Después de todo, la mayoría de los negocios en Sicilia cerraban un par de horas a mediodía para que la gente pudiera descansar. Quizá ella estaba adoptando los mismos hábitos. Ni siquiera había pensado en la posibilidad de estar embarazada cuando se echó a llorar por un vaso roto mientras preparaba el desayuno una mañana.

Tampoco cuando, otro día, hizo cuatro viajes al cuarto de baño antes de la hora de comer. Había pedido cita con el médico porque sospechaba que podía tener una infección de orina y lo que escuchó con asombro fue que estaba embarazada del hijo de Tino.

Se llevó la mano al vientre con reverencia. De pronto cobraron sentido todos los síntomas del embarazo. Parecía imposible que hubiera estado tan ciega. Con sus problemas de fertilidad, había asumido que no había ni la más remota posibilidad de que pudiera volver a quedarse embarazada. Y bueno, según la prueba que el médico le había hecho, lo estaba. Lo estaba.

Se abrazó mientras contemplaba la embarazada sin rostro que había modelado. Sentía una felicidad increíble ante la perspectiva de tener un hijo... el hijo de Tino. En cada línea de la figura se apreciaba esa felicidad. Se volvió a mirar la primera mujer que había modelado después de conocer la noticia.

La figura mostraba el temor que ataba su felicidad. Esa mujer sí tenía rostro y su expresión era de ansiedad. La mano reposaba en el ligeramente hinchado vientre. Era una nativa africana. Colgado de un lado de su vestido tradicional había un niño pequeño, no tan delgado como si pasase hambre, pero sí claramente en riesgo. Las dos figuras reposaban sobre una base que imitaba la hierba seca.

Era una escultura con fuerza, incluso provocaba las lágrimas a su autora, lo que realmente no era nada nuevo. La que había servido a Faith para expresar su dolor interno, el sentimiento de soledad que aceptaba, pero con el que no había aprendido a vivir. Mientras algunas de sus piezas estaban llenas de felicidad y paz, otras evocaban la clase de emociones de las que poca gente quería hablar.

A pesar de eso, o quizá a causa de ello, sus piezas se

vendían bien y alcanzaban buenos precios. Al menos las que permitía que salieran de su taller. La mujer embarazada que había hecho el día anterior no iba a ir a ningún sitio que no fuera el montón de arcilla. Lo aceptaba como parte del proceso. Había pasado todo el día con la estatua, pero no la noche como había hecho con la primera. Seguramente porque Tino la había llamado.

Raramente la llamaba, excepto para concertar sus citas. Incluso cuando él viajaba al extranjero y estaba fuera una semana o más, no oía su voz. Pero esa noche había llamado. Sin ninguna otra razón aparente más que hablar con ella. Extraño.

Pero bueno, cualquier quebrantamiento de sus estrictas normas de relación sexual era una bendición. Sobre todo en ese momento.

No sabía cuándo iba a hablarle del niño. Estaba segura de que lo haría, pero tenía que buscar el momento adecuado. Siempre existía la posibilidad de perderlo en el primer trimestre, y con su trayectoria eso no era muy difícil. Aun así, mantenía la esperanza de que todo saliera bien.

Tenía consulta en el hospital esa misma semana. Pruebas posteriores determinarían si el embarazo era ectópico o uterino. Aunque su especialista en fertilidad le había dicho que las posibilidades de tener otro embarazo extrauterino eran muy escasas, quería estar segura.

Y no iba a decirle nada a Tino hasta que lo estuviera.

Capítulo 2

EL DÍA anterior a la consulta en el hospital era el día que iba a dar clase a la escuela primaria. Había caído en ese trabajo por accidente. Había comentado a Agata lo mucho que le gustaban los niños, pero que su profesión no le permitía pasar tiempo rodeada de ellos. La señora había hablado con el director del colegio de su nieto y descubierto que estaría encantado de tener una clase de arte un día a la semana.

Giosue, el hijo de Tino, estaba en el segundo grupo que daba clase. Le preguntó tímidamente si estaba bien el dibujo que había hecho del edificio del ayuntamiento de Marsala.

—Es muy bonito, Gio.

—Gracias, *signora*.

Pasó a la siguiente niña y la ayudó a elegir el color de los peces que quería dibujar en el mar que rodeaba Marsala.

Fue al final de la clase, después de haber atendido a otro niño, cuando Giosue se acercó a su mesa.

—¿*Signora* Guglielmo?

El niño se había dirigido a ella por el equivalente italiano de Williams porque le resultaba más fácil y a ella le daba lo mismo.

—Sí, corazón.

Sonrió por el cumplido y se sonrojó ligeramente,

pero era evidente el agrado y Faith lo anotó mentalmente para usarlo más veces.

—Me gustaría invitarla a cenar con mi familia esta noche —dijo formal demostrando que había ensayado la frase.

—¿Sabe tu padre que me invitas a cenar? —preguntó preocupada.

—Sí, *signora*. Estará encantado de que venga.

—¿Ha dicho él eso? —preguntó conmocionada.

—Oh, sí —le dedicó otra tímida sonrisa.

La esperanza burbujeó en el interior de Faith como un manantial. Quizá se estuviera empezando a disipar la oscura nube que nublaba su vida. ¿Podría tener la oportunidad de volver a tener una familia de verdad... y que no le fuera arrebatada?

—Será un honor cenar con vosotros.

—Gracias, *signora* —le tendió una hoja de papel doblada—. Mi padre le ha apuntado la dirección por si le hace falta.

—Gracias —dijo tomando el papel.

Había estado allí algunas veces para comer con Agata, aunque la señora prefería reunirse con ella en Pizzolato porque le encantaba visitar el estudio de la artista.

—Fue idea mía hacer el mapa. Además ayudé a mi padre a dibujarlo.

Abrió el papel y vio un plano evidentemente dibujado por la mano de un niño. Al lado había algunas instrucciones con la inconfundible letra de Tino.

—Has hecho un gran trabajo, Gio. Me gustan especialmente las viñas con uvas que has dibujado para mostrarme lo que me voy a encontrar.

—Ahora están madurando. El *nonno* dice que estarán listas para la vendimia cuando vuelva de Nápoles.

—Si tu abuelo lo dice, seguro que es así.

–Es maestro viticultor –dijo Giosue orgulloso.
–Sí. ¿Ayudas tú en la vendimia?
–Un poco. El *nonno* me lleva al campo con él. Papá no trabaja en las viñas, pero está bien así, es lo que dice el *nonno*.
–Creo que tu padre se ocupa de otras partes del negocio.
–El *nonno* dice que a papá se le da muy bien ganar dinero –dijo Giosue con sencillez.
–Estoy segura de que sí –dijo Faith entre risas.
–Puede mantener a la familia. Eso lo dice la *nonna*.
–Seguro que puede –¿estaba celestineando Giosue?

Reprimió una sonrisa porque no quería ofender al niño.

–Ella cree que debería volverse a casar. Es su madre y él tiene que hacerle caso, me parece.

Le supuso un gran esfuerzo contener la risa y pensó que Tino no compartiría el punto de vista de su hijo en esa materia.

–¿Tú que piensas?
–Pienso que me gustaría tener una madre que estuviera más cerca que en el cielo.

No pudo evitar apoyar la mano en el hombro del niño, pero deseó abrazarlo con fuerza.

–Lo comprendo, de verdad que lo comprendo, Gio.
–Usted nunca habla de su familia –dijo el niño.
–No tengo –se apoyó una mano en el vientre y pensó que quizá sí la tendría.
–¿Tampoco tiene madre?
–No, recé para tener una, pero Dios no lo quiso –se encogió de hombros.
–¿Cree que tendré otra madre?
–Eso espero, Gio.
–Yo también, pero sólo si puedo quererla.

–Estoy segura de que tu padre no se casaría con una mujer que no pudieras querer como madre.

–Ella también tendría que quererme a mí –la miró mordiéndose el labio inferior.

–Eres encantador, eso no será un problema, estoy segura.

Un nuevo grupo de niños entró en tromba en aula con la profesora de Giosue que parecía buscar a su oveja perdida.

–¿La veré esta noche? –preguntó el niño desde la puerta.

–Sí.

Así que el hijo de Tino era un casamentero. Y se había fijado en ella. Y parecía tener la aprobación tácita de Tino. Increíble. La perspectiva le provocaba tanto miedo como emoción. ¿Habría sufrido ya suficiente? ¿Se había acabado el estar sola?

Por alguna razón, no era capaz de imaginárselo.

Al menos Tino le estaba permitiendo participar de otro aspecto de su vida. El más importante para él. Que lo estuviera haciendo sin saber de su embarazo, la tenía atónita.

Quizá no la amaba, pero ocupaba en la vida de él un lugar distinto que las demás mujeres con las que había estado desde la muerte de su esposa seis años antes.

Faith se concentró en las notas de la melodía clásica que llenaba su Mini. Al menos lo intentaba. Estaba muy nerviosa por esa cena. No debería estarlo. En el último año había descubierto que Tino y ella eran compatibles dentro y fuera de la cama. También Giosue se llevaba bien con ella. Todo debería ir bien.

Sólo que, se decía mientras las mariposas del estómago bailaban música disco, esa vez iba a estar con los dos juntos. Los tres, en realidad.

Cómo resultara la interacción decidiría una buena parte de su futuro, de eso estaba segura. Tino estaba probando la mezcla y, por increíble que le resultase, justificaba parte de su extraña conducta reciente.

Ese día había vuelto a llamarla. Había perdido la llamada y, cuando había intentado devolverla, él estaba en una reunión. Su mensaje decía sencillamente que se acordaba de ella.

Si hubiera dicho que estaba pensando en acostarse con ella, no le habría sorprendido tanto. Ese hombre tenía una libido de adolescente. El sexo era una parte realmente importante de su vida. Lo bastante como para buscarlo aunque siempre dijera que no quería volverse a casar ni ir en serio con una mujer.

Pero no había dicho que echara de menos el sexo. Había dicho que la echaba de menos a ella. Bueno, pronto volverían a estar juntos.

Sonó el teléfono con el sonido que tenía puesto para él. No hablaba nunca mientras conducía, así que lo ignoró; además ya estaba casi en el viñedo. Podría decirle lo que fuera cuando estuviera allí. Seguramente estaba llamando para saber dónde estaba, pero no llegaba tarde. Bueno, no mucho, quizá unos diez minutos. Para Sicilia no era tarde, aunque Tino era muy poco siciliano en su puntualidad y la rigidez de su agenda. Habían bromeado sobre ello más de una vez.

Giró por el camino que conducía a Casa di Fede, la casa de la fe, *Faith House*. Le había llamado la atención compartir el nombre con la casa la primera vez que había ido allí a ver a Agata. Más tarde, cuando se había enterado de que Tino vivía allí, lo había interpretado como una señal de que estaban destinados a estar juntos. Incluso aunque fuera algo temporal.

Pensar en la coincidencia le hizo sentir una nueva burbuja de esperanza. Quizá significaba más de lo que había pensado.

Aparcó delante de la casa. Había pertenecido a la familia durante seis generaciones y había sido reformada casi el mismo número de veces. Hasta llegar a tener ocho dormitorios, un salón de recepciones, un cuarto de estar para la familia que comunicaba con la piscina y el spa, una enorme cocina, biblioteca y dos despachos.

Uno era el de Tino, y el más pequeño y menos organizado el de su padre. Agata utilizaba la biblioteca como despacho cuando se ocupaba de sus obras benéficas. También tenía su propia sala de estar anexa a su dormitorio. Faith sabía todo aquello por su visita previa a la señora.

Se quedó sentada en el coche contemplando las pruebas de la presencia en ese lugar de generaciones de Grisafi. Las pruebas de las raíces y la riqueza de Tino. Las pruebas de que tenía lo que ella más ansiaba en la vida: una familia.

La perspectiva de que quisiera compartir con ella todo eso era más de lo que podía asumir. «Terror» no era una palabra que pudiera describir lo que sentía. Porque incluso aunque Valentino Grisafi quisiera que fuera parte de su vida, ella mejor que nadie sabía que no había ninguna garantía de que pudiera conservarlo. Tanto como no había podido conservar al padre que nunca había conocido, ni a su madre, o a la primera familia que había dicho que la adoptaría, o a Taylish... a su hijo nonato, Kaden.

Insistir en su doloroso pasado nunca le había ayudado antes y sabía que no iba a hacerlo en ese momento. Tenía que olvidar el pasado y pensar en el futuro o sus propios miedos destruirían las oportunidades que se le presentaran de ser feliz.

Resuelta, abrió la puerta del coche y en ese momento volvió a sonar el teléfono. Salió del coche.

—Guau —dijo al aparato—, sabía que eras impaciente, pero bordeas la obsesión, Tino. Ya he llegado.

—Sólo quería... —Faith llamó al timbre y él dejó de hablar—. Han llamado al timbre, tengo que dejarte —sacudió la cabeza, se encogió de hombros y cortó la llamada.

Él abrió la puerta y se la quedó mirando como si fuese una aparición. Horrorizado.

—¡Faith! ¿Qué haces aquí? —sacudió la cabeza—. Da lo mismo, tienes que irte. Ya.

—¿Qué? ¿Por qué?

—Es culpa mía —se pasó las manos por la cara—. Ya veo que mis llamadas te han dado la impresión equivocada.

—¿De que estabas impaciente por verme?

—Sí, lo estoy. Lo estaba. Pero no aquí. Ahora no.

—Tino, todo esto no tiene sentido.

—No es buen momento, Faith. Necesito que te marches ya.

—¿Gio... no quedará decepcionado?

—Gio... ¿Por qué me preguntas por mi hijo? Mira, no importa, tenemos una invitada a cenar.

—Sí —puso los ojos en blanco—, lo sé. Aquí estoy.

—No es momento para bromas, *carina*.

—Tino, estás empezando a preocuparme —no podía ser que Giosue le hubiera mentido diciendo que su padre había aprobado la invitación a cenar, estaba desconcertada. ¿Qué estaba pasando?—. Tino...

—*Signora!* —un emocionado niño interrumpió la conversación—. ¡Ya ha llegado!

Giosue pasó al lado de su padre para dar un abrazo a

Faith. Ella se lo devolvió con una sonrisa encantada por el carácter afectuoso de la mayoría de los sicilianos.

Tino los miró con gesto de horror.

Giosue dio un paso atrás y se recolocó la camisa. Se había vestido para la cena con un traje que recordaba al uniforme del colegio. Parecía una versión en miniatura de su padre.

Faith se alegraba de haberse cambiado la ropa que llevaba al colegio. Llevaba un vestido de seda amarilla con un entretejido de azul pavo real, naranja y destellos metálicos dorados. Se había enamorado de la seda cuando la había visto en una feria de arte y había tenido que comprarla. Se había hecho con ella un sencillo vestido que la hacía sentirse deliciosamente femenina. Tino aún no lo había visto.

Al margen de otras reacciones por su inesperada llegaba, en los ojos de su amante notó la aprobación por su elección.

Ignorante del extraño tono de la conversación de los adultos, Gio agarró la mano de Faith y tiró de ella.

—Papá, ésta es la *signora* Guglielmo —después sonrió inocente—. *Signora*, éste es mi padre, Valentino Grisafi.

—Tu padre y yo ya nos conocemos —dijo Faith cuando Tino permaneció en silencio y petrificado.

—¿Sí? —Gio parecía confuso, incluso un poco herido—. Mi padre me dijo que no la conocía. Aunque la *nonna* le dijo que usted le gustaría.

—No sabía que la *signora* Guglielmo era la mujer a quien yo conozco como Faith Williams —la miró acusador como si fuese culpa de ella.

—¿Sois amigos? —preguntó el niño.

Faith esperó a ver qué decía su amante. Tino la miró y luego a su hijo con una expresión indescifrable.

—Sí, somos amigos.

–¿No lo sabías? –preguntó Giosue con una enorme sonrisa–. ¿De verdad?
–De verdad.
–Es una buena broma, papá.
–Sí, una buena broma –reconoció Tino en tono divertido.

Faith no se sentía tan animada. Tino no había aprobado invitarla a cenar. No había escrito la dirección para ella. No había tenido intención de invitarla a entrar en una parte de su vida que hasta entonces le había mantenido vedada. De hecho no estaba nada feliz con la situación.

Había aceptado invitar a la profesora de su hijo. A otra mujer. Una mujer de la que su hijo y su madre le habrían dicho que era soltera, de su edad y atractiva; Agata siempre se lo decía cuando lamentaba el estado de soltería de Faith. El celestineo de Giosue había sido evidente para Faith y no habría pasado desapercibido a su padre. Todo aquello pintaba una imagen nada halagüeña en la cabeza de Faith.

Todos los sueños que había ido construyendo desde que había pasado la noche por primera vez en el apartamento de Tino se vinieron abajo.

Pero no era una endeble. Al contrario. Había afrontado lo que le había deparado la vida sin rendirse. Estaba ahí en ese momento. Y tenía una fuerte motivación para hacer que esa noche funcionara a pesar de la negativa reacción de su amante.

Quizá si Tino veía lo bien que podían estar juntos rodeados por su familia, repensaría los parámetros de su relación. Entonces hablarle del embarazo no sería tan duro.

Y a lo mejor también la selva peruana se helaba por una anomalía meteorológica... Esa clase de pensamiento negativo no iba a llevarla a ningún sitio bueno.

Tenía que pensar en positivo. Daba lo mismo, no iba a librarse de la cena, eso heriría a Giosue, y ella jamás haría eso a un niño.

Dedicó a los dos su mejor sonrisa y preguntó:

—¿Puedo entrar ya o vamos a cenar en el porche?

Giosue rió y tiró de ella hacia dentro haciendo que su padre tuviera que apartarse para dejarles pasar.

—Vamos a cenar fuera, pero detrás, *signora*.

—¿Y has cocinado tú, Gio?

—He ayudado, pregúntele a mi padre.

Miró por encima del hombro al silencioso hombre que los seguía por la casa.

—Claro que lo ha hecho. Es el predilecto del ama de llaves.

—Es fácil de entender por qué. Gio es un pequeño encantador.

—*Signora!* —exclamó el niño con la larga entonación de sufrimiento que sólo un niño de ocho años podía fingir de un modo tan perfecto.

—No me digas que te avergüenza descubrir que tu profesora favorita también te tiene en gran estima —bromeó su padre.

El niño se encogió de hombros, se ruborizó pero no dijo nada. Faith sintió que se derretía. Sería un estupendo hijo adoptivo y un gran hermano.

—Bueno, ¿qué tenemos para cenar?

—Espere a verlo. He tenido que rellenar los canelones. El relleno está buenísimo.

Giosue tenía razón, los canalones estaban deliciosos. Como todo lo demás. Y la compañía no estuvo mal. Tino empezó un poco rígido, pero la presencia de su hijo hizo que se relajara. Por mucho que trató de mantener la distancia con ella, su forma de conducta habitual hizo que diera lo mejor de él. No por nada de tipo sexual, sino porque desplegó la clásica conducta afectuosa de los sicilianos y eso le hizo sentirse bien.

Gio hizo miles de preguntas sobre sus obras de arte, preguntas para las que no había tiempo en clase. Varias veces descubrió a Tino mirándola sorprendido por sus respuestas. Normal, no sabía nada de esa parte de su vida. Por primera vez eso la molestó. Su actividad artística ocupaba la mayor parte de su vida y él la ignoraba tristemente.

La constatación, más que ninguna otra cosa, hizo patente la naturaleza de su relación.

–Estás haciendo demasiadas preguntas, *amorino*, estoy empezando a pensar que vas a querer ser artista cuando seas mayor.

–Oh, no, papá, quiero ser viticultor como el *nonno*.

–¿No un hombre de negocios y vendedor de vinos como tu padre? –preguntó Faith.

–Tendrá que tener otro hijo para que haga eso. Yo quiero mancharme las manos –dijo el niño con absoluta certeza.

En lugar de tomarlo como una ofensa, Tino rió con ganas.

–Parece mi padre –sacudió la cabeza con los ojos brillantes–. Sin embargo no habrá más hermanos, ni hermanas. Quizá Calogero finalmente se case y tenga hijos, pero si no... cuando me haga viejo tendré que contratar a un gerente.

–Nunca serás viejo, papá.

–Sabes que no hay nada que te impida practicar el arte como una afición como a tu abuelo –le revolvió el pelo con cariño–, ¿verdad Faith?

Aún estaba afectada por el tono en que había dicho que no habría más hijos, pero se las arregló para sonreír al niño.

Capítulo 3

TINO se reunió con Faith en la terraza después de llevar a su hijo a la cama.

Gio había rogado y protestado cada vez que Faith había dicho algo de irse a casa. Cuando finalmente llegó el momento de que él se fuera a la cama incluso llegó a pedir que ella entrara a darle las buenas noches.

Lo había hecho sin dudarlo y le había dado un beso en la cabeza y deseado felices sueños. Tino encontró desconcertante que estuviera tan relajada con su hijo. Su amistad era de larga duración y no estaba seguro de cómo se sentía con eso. Excepto incómodo.

No le gustaba sentirse desasosegado. Le hacía estar irritable.

Faith se quedó de pie en la terraza de piedra mirando al viñedo. Las verdes y frondosas viñas parecían negras a la luz de la luna, pero ella brillaba. La fría luz de la noche se reflejaba en sus facciones de porcelana dotándola de una perturbadora y etérea belleza. Parecía un espectro angelical.

No era un pensamiento en el que quisiera demorarse. No después de lo que había pasado con Maura y su muerte. El único reto en su vida juntos con el que no se había podido enfrentar.

Tenía el ceño fruncido cuando apoyó la mano en el hombro de ella.

—Está de camino a la tierra de los sueños.

—Es increíblemente dulce. Eres un hombre muy afortunado, Valentino Grisafi —se volvió a mirarlo.

—Lo sé —suspiró—, pero hay veces que me pone en situaciones inconvenientes.

—¿Como cuando invita a tu amante a cenar?

—Sí.

—Podrías haber dicho que no.

—Y tú.

—Pensaba que querías que viniera.

—Pensaba que había invitado a su profesora.

—Soy su profesora —le corrigió—. Su profesora de arte.

—¿Por qué no me lo habías dicho nunca?

—¿Cómo podías no saberlo? Soy consciente de que no estás en absoluto interesado en mi vida fuera del tiempo que pasamos juntos, pero creo que he mencionado que daba clases en una escuela primaria de Marsala.

—Pensaba que lo hacías para poder permitirte tu afición al arte. Mi madre me dijo que la profesora de Gio era una artista de gran éxito que dedicaba su tiempo de un modo altruista —se sentía como un idiota por lo equivocado que había estado.

Otra experiencia desagradable y poco frecuente. Los Grisafi no solían comportarse como estúpidos ignorantes. Su orgullo se sentía herido por ser culpable de las dos cosas. Saber más de Faith le habría ahorrado la situación en curso.

—¿Y a tus ojos no podía ser esa mujer? —preguntó con ese tono que los hombres sabían era tan peligroso.

Ése que para un marido significaba irse a dormir al sofá. Faith no era su esposa, pero no quería verse apartado de su cuerpo. Tampoco quería ofenderla de ningún modo.

—A mis ojos, esa mujer, la *signora* Guglielmo, era siciliana... y tú no lo eres.

—No, no lo soy. ¿Es eso un problema para ti, Tino? ¿De dónde salía esa pregunta?

—Evidentemente no. Hace un año que somos amantes, Faith.

—Casi un año.

—Es bastante.

—Supongo, pero estoy tratando de entender por qué haber sido una profesora siciliana me habría hecho una compañía apropiada para cenar con tu hijo y contigo, pero ser americana no.

—No funcionará.

—¿El qué?

—Intentar utilizar a Giosue para que te introduzca más profundamente en mi vida de lo que quiero.

—No seas paranoico –sus ojos pasaron del dolor a la ira–, por no mencionar tu vanidad criminal. Primero, jamás utilizaría a un niño... para nada. Segundo, conocí a tu hijo antes de conocerte a ti. ¿Qué debería haber hecho? ¿Empezar a ignorarlo en clase cuando nos hicimos amantes?

—Por supuesto que no –suspiró. Menudo lío–. Pero podrías haber evitado que se hiciera tu amigo.

—Ya éramos amigos. Jamás se me ocurriría hacer daño a un niño rechazándolo de ese modo. Tampoco lo voy a hacer ahora, Tino, ni siquiera por ti.

—No es eso a lo que me refiero.

—Entonces, ¿a qué te refieres?

Murmuró una maldición. No estaba seguro y eso era tan perturbador como todas las demás revelaciones de esa noche. Recurrió al primer tópico que le vino a la cabeza:

—No hagamos esto más complicado de lo necesario.

Sabes que no permito a las mujeres con las que me acuesto entrar en mi vida personal. Sería demasiado complicado.

—¿No consideras lo que hacemos personal? —lo miró incrédula.

—Te estás poniendo muy quisquillosa con todo, Faith. Sabes a qué me refiero. ¿Por qué haces que no entiendes de forma deliberada? Conoces los límites de nuestra relación desde el principio —normalmente ella no argumentaba tanto y por qué empezaba a hacerlo era un misterio.

—Quizá es que ya no estoy tan feliz con las cosas así —lo miró para ver en él la reacción que provocaba esa bomba.

Las alarmas saltaron en la cabeza de Tino. Sus palabras desataron en él el pánico, un sentimiento al que no estaba acostumbrado.

—Faith, tienes que entender una cosa. No tengo idea de volverme a casar. Jamás.

—Lo sé, pero...

Esas tres palabras sembraron en él la aprensión. Ella no podía seguir pensando así.

—Si volviera a casarme, sería con una siciliana tradicional... como la madre de Giosue.

Algunos sicilianos se casaban con americanas, pero era raro. Incluso menos frecuente, hasta el punto de que eran inexistentes, los hombres que seguían viviendo en la isla después de casarse con ellas.

A pesar de su rechazo a casarse otra vez, se sentía impelido en la medida de lo posible a proporcionar a Giosue una madre. Se lo debía a Maura.

Si era sincero consigo mismo, tenía que reconocer que sus razones no se limitaban a la brecha cultural y la obligación que sentía con su esposa fallecida, sino que tenían más que ver con una promesa que cumplir. Sólo una mujer había puesto en peligro la promesa que había hecho a Maura, la promesa de no reemplazar a una esposa que había muerto demasiado joven.

Y esa mujer era una inteligente y atractiva norteamericana.

Faith se cruzó de brazos.

—¿Por eso no has cortado de raíz el evidente intento de tu hijo de buscarte pareja? ¿Porque pensabas que la mujer con la que lo intentaba era una siciliana?

—Sí —no pudo mentir aunque la tentación era grande.

—Ya veo.

—No creo —necesitaba que ella lo entendiera... y le agarró el rostro con las dos manos—. Mi hijo es lo más importante en mi vida, haría cualquier cosa por él.

—Incluso volverte a casar.

—Si creyera que eso es lo que realmente necesita para ser feliz, sí.

Pero no con una mujer que esperara tener acceso a algo más que su cuerpo y su cuenta bancaria. No con una mujer que ya amenazaba sus recuerdos de Maura y la promesa que le hizo.

No con Faith.

—¿Sí?

—No —deseó mentir, pero de nuevo no pudo—, pero después de esta noche, no estoy seguro. Quiere a su abuela, pero estaba radiante con tu afecto de un modo que no lo está con su *nonna*.

—Es muy especial para mí.

—Si es tan especial, ¿por qué no me dijiste que era alumno tuyo?

—Ya me lo has preguntado y la pura verdad es que pensaba que lo sabías. Suponía que él, bueno, y tu madre, hablarían de mí. Somos amigas. Supongo que eso te va a provocar otro ataque de paranoia, pero por favor, recuerda que éramos amigas antes de que yo conociera a Gio.

–Tú y... y... ¿mi madre?

–Sí.

Lo de esa noche era una revelación cada vez más increíble que la anterior.

–Tampoco me lo habías dicho.

–Pensaba que lo sabías –repitió empezando a parecer exasperada. Se alejó de él–. Quizá Agata y yo no estamos tan unidas como yo creía.

El tono triste de Faith provocó algo en el corazón de Tino. No le gustó. En absoluto. Estaba acostumbrado a verla feliz casi siempre... algunas veces maniática, pero nunca triste. No le quedaba bien.

–Habla mucho de ti, pero no me he dado cuenta de a quién se refería en realidad –había mencionado algunas veces a la profesora de Gio.

Se preguntó si las dos compartirían una amistad tan fuerte como Faith creía. Su madre era una auténtica mecenas. Tenía muchas relaciones en el mundo del arte. Podía entender que alguien interpretara como amistad su trato agradable y cercano, pero el único artista de quien hablaba constantemente era TK. Incluso se había llegado a preocupar porque estuviera empezando a desarrollar algún tipo de sentimiento por él. Incluso había hablado con su padre, que se había echado a reír. Tino había llegado a la conclusión de que no había nada de qué preocuparse.

–Eso no es mi culpa, Tino.

–No he dicho que lo fuera.

–Está implícito en que me preguntes que por qué no te lo he dicho.

–Parece que tienes una relación muy estrecha con mi hijo y mi madre y jamás los has mencionado.

–Te molesta que hablemos de tu familia, Tino.

Eso era cierto, pero por alguna razón el asunto siguió preocupándolo. Seguramente porque todo lo que estaba sucediendo esa noche lo dejaba muy desconcertado.

–No pensaba que hubiera un lugar para ellos en nuestra vida común.

–No tenemos una vida común, ¿verdad, Tino? –lo miró de un modo que le resultó incómodo.

Había tanta tristeza y decepción en sus ojos.

–¿No comprendo qué ha cambiado entre nosotros?

–Nada. Nada ha cambiado entre nosotros.

–¿Entonces por qué estás triste?

–Quizá porque pensaba que sí había cambiado.

¿Por qué lo creía?

–Tenías la impresión de que quería que vinieras esta noche a cenar –dijo entendiéndolo todo.

Era evidente que a ella le había gustado la idea. Comprender que no era así le había dolido. Aunque él no había querido que aquello sucediera, tenía que asumir alguna responsabilidad por el resultado.

Ella asintió en silencio. Tino sintió el inapropiado deseo, dada la situación, de enterrar sus dedos en ese cabello que se había mecido al mover la cabeza. Peor, sabía que no se detendría ahí.

–No creo que sea bueno para Giosue relacionarse con mis amantes.

–Entiendo que pienses así.

–Es la verdad.

Ella no dijo nada. Tino pensó que no podía dejar las cosas así. Tenía que explicarse.

–Cuando nuestra relación termine, se sentirá decepcionado. Ya tiene expectativas que no puede cumplir.

–Soy su amiga.

–Quiere que seas su madre.

—Y tú no.

—No —era la respuesta previsible, el resultado de creencias profundamente arraigadas desde la muerte de su esposa.

—Porque no soy siciliana.

—Porque nuestra relación no es una cuestión de amor —pero ¿era eso cierto?

¿Cómo podía ser de otro modo si él no podía amarla? Había prometido a Maura que la amaría siempre. Su súbita muerte no interrumpía esa promesa.

—Pensaba que también éramos amigos.

—Somos amigos —amistad que podía durar.

—Pero no novios.

Tino sintió que se le retorcía el corazón y su tono se tornó más cínico.

—Vaya palabra pasada de moda.

—Es la que Tay solía usar —se encogió de hombros.

—Supongo que sería un hombre fuera de lo normal.

—Sí. Lo era. Uno de los mejores, puede que el mejor que jamás conozca.

—Pero ya no está.

—Sí, lo mismo que la madre de Gio.

—Maura nunca saldrá de mi corazón.

—No, no lo hará, pero ¿estás seguro de que en tu corazón no hay sitio para nadie más?

—Ésa no es una discusión que tengamos que tener tú y yo —no podría afrontarlo.

Un siciliano tenía que ser capaz de afrontarlo todo. Incluso la muerte de su esposa y la crianza de un hijo sin madre. Pero sobre todo una conversación con su amante. El no poder, lo avergonzaba.

—¿Porque llegamos al acuerdo de que sexo y amistad eran suficientes? —preguntó con la voz rota por la emoción.

–Sí.
–¿Y si ya no es bastante... para los dos?
Eso no podía ser cierto. Él no iba a permitir que lo fuera.
–No hables por mí.
–Vale. ¿Qué pasa si sólo hablo por mí?
–Entonces tendríamos que hablar de si lo que tenemos aún funciona –no era una discusión que quisiera tener. No estaba preparado para perderla.
–Creo que es hora de que me marche –estaba herida.
–No –dijo él sufriendo por la melancolía en su voz.
Aborrecía la sensación de que en cierto sentido aquello era culpa suya. Aborrecía la idea de irse solo a la cama después de pasar la velada en su compañía. Peor, aborrecía el sentimiento de poder perderla y lo mucho que le dolía la idea.
Quizá borrando la tristeza de ella acabaría con sus propios temores. Él era un gran defensor en los negocios de las propuestas en las que todos ganan. Podía ser incluso mejor aplicado a las relaciones personales.
Antes de que ella diera siquiera dos pasos, la alcanzó y la agarró de los hombros.
–Tino, no.
–Tú no quieres eso, *carina* –la atrajo hacia él, no se podía imaginar alejándola.
Sabía que no podría retenerla para siempre. Algún día ella se cansaría de Sicilia y volvería a su país. ¿No era eso lo que hacían todas las norteamericanas al final?
Faith era la única estadounidense soltera que conocía que estaba viviendo permanentemente en Sicilia. Por muy agradable que fuera, Marsala estaba a años luz de Londres o Nueva York.

—Estamos bien juntos. No permitas que esta noche cambie eso.

—Necesito más, Tino.

—Entonces te daré más –eso se le daba muy bien.

—No estoy hablando de sexo.

—No hablemos de nada –se inclinó sobre ella y la besó.

Ese beso le mostraría que estaban demasiado bien juntos como para dejarlo sólo porque su relación no estuviera envuelta en tul blanco y flores.

Faith luchó contra su respuesta. Él podía notar la tensión, sabía que ella quería resistir, pero era tan esclava como él de su mutua atracción. Su cuerpo sabía que su sitio estaba entre sus brazos. Pero su mente estaba activa y apartó los labios de él.

—No, Tino.

—No digas no. Di mejor: «Hazme el amor, Tino». Eso es lo que deseo escuchar.

—Se supone que teníamos un acuerdo de exclusividad.

—Lo tenemos.

—Ibas a tener una cita a ciegas con otra mujer, Tino –se liberó de sus brazos–. No puedo estar conforme con eso.

—No era una cita.

—Como si lo fuera.

—Yo no lo consideraba una cita.

—Pero sabías que tu hijo y tu madre te estaban intentando emparejar.

—No tenía intención de dejarme emparejar.

—Pero eso ha cambiado. Así lo has dicho. Has dicho que harías cualquier cosa por Gio, incluso darle una segunda madre... si es siciliana –el tono de esas últimas palabras mostraba lo poco que respetaba la postura de él sobre esa materia.

–He dicho que lo estaba considerando, no que hubiera decidido salir con otra mujer. Tú eres la mujer con la que quiero estar ahora.

–¿Y mañana?

–Y mañana.

–Entonces, ¿dónde se sitúa mi fecha de caducidad? ¿La semana que viene? ¿El próximo mes? ¿En un año?

Deseó agarrarla y abrazarla con fuerza, pero sólo le apoyó suavemente las manos en los hombros.

–No tienes fecha de caducidad. Nuestra relación no está tan acotada como eso.

–No voy a seguir contigo si sales con otras mujeres –repitió testaruda.

–No te pediría que lo hicieras.

–¿Qué significa eso, Tino?

–Significa que puedes confiar en que seré fiel mientras estemos juntos. Lo mismo que yo confío en ti.

La besó con mucho cuidado tratando de transmitir ternura y compromiso, por limitado que fuera.

–Deja que te haga el amor –era un ruego, pero no le importó.

Se necesitaban esa noche. Nada de camas vacías donde dar vueltas a los recuerdos.

–No más citas a ciegas...

–No era...

Lo hizo callar con un dedo en sus labios.

–Lo era. O podría haberlo sido. No vuelvas a hacerlo.

–Tienes mi palabra –entonces, porque no podía evitarlo, volvió a besarla.

Puso toda su pasión y su miedo en ese beso. Al principio ella no respondió. No trató de apartarlo tampoco. Era la primera vez que no caía rendida por su pasión. Seguía pensando.

Arreglaría eso. Incrementó la intensidad del beso para hacer que el deseo mutuo dejase de ser un prisionero de las circunstancias que no... que no podían cambiar. Paso a paso el instinto fue avanzando dentro de ella.

Y una vez que su cuerpo controló a su mente, se derritió en el abrazo y puso fin a su resistencia dándole acceso al interior de la boca. Sabía como el café con crema y azúcar que se había tomado después de cenar. Un sabor que tenía asociado sólo con ella.

Él tenía que tomar el café solo a menos que quisiera sufrir una erección bajo los pantalones, un inconveniente en cualquier reunión de negocios. Era algo maravilloso lo que tenían. Fantástico. Y no podía terminar. Él no lo permitiría.

Esa noche iba a recordarle lo bien que conocía su cuerpo, lo que sólo él podía hacerle, cuánto placer le podía dar. Su marido no había provocado en ella esas sensaciones, de lo contrario no habría parecido tan conmocionada la primera vez que se habían acostado.

Había sido casi virginal en algunas de sus reacciones desmintiendo la existencia de amantes previos, mucho menos un marido.

No quería pensar en la alarma que había sentido al darse cuenta de cuánto ignoraba de su vida. Era profesora de su hijo cuando la había conocido y conocía a su madre desde hacía más tiempo. Algo desconocido para él hasta ese momento, tanto como que fuera viuda.

¿Cómo habría muerto su marido? Lo había amado, estaba claro, lo consideraba un hombre especial.

Un primario deseo de borrar de ella los recuerdos de otro hombre hizo a Tino profundizar el beso. Ella gimió ligeramente. Le encantaba besarla. Respondía mejor a sus besos que ninguna otra mujer que hubiera conocido. Y estaba muy lejos de ser una tímida sumisa.

Maldición. La deseaba.

Pero no ahí fuera donde cualquiera podía ver lo que era algo enteramente privado entre los dos. Sin embargo la tentación de poseerla bajo las estrellas era muy fuerte. Se contuvo, la tomó en brazos y la llevó al interior de la casa, directamente a su dormitorio. Era su cama y, de momento, ella era su mujer.

La enorme cama con dosel había sido utilizada por su familia durante generaciones. Aunque el colchón y el somier eran nuevos. No sólo eran increíblemente cómodos, sino que además para poder dormir en esa cama tras la muerte de su esposa había tenido que cambiarlos junto con todos los juegos de sábanas.

Levantó el cobertor y dejó a Faith encima.

Ella miró a su alrededor con una expresión que fue de la curiosidad a la sorpresa.

–Éste es tu cuarto.

Tino cerró la puerta y volvió a la cama desabotonándose la camisa.

–¿Adónde te iba a llevar?

–No lo sé –se humedeció los labios y se concentró en el pecho de él mientras se quitaba la camisa–. Eres un hombre muy sexy, ¿lo sabías?

–Creo habértelo oído decir antes.

–Lo decía de verdad entonces y lo digo ahora –soltó una carcajada–. Me encanta mirarte.

–Creía que eran los hombres a quienes les gustaba el sexo visual.

–Quizá –se quitó las sandalias con una sacudida del pie–. Quizá, si todas las mujeres tuvieran una golosina así que mirar, considerarían el sexo visual también.

—Así que soy una golosina.

Ella se pasó la lengua por los labios como si saboreara algo realmente dulce y asintió.

El sexo de Tino saltó como si recordara lo que suponía ser comido por esa deliciosa pequeña lengua.

—Creo que eres una descarada.

—¿Tú crees?

—Lo sé.

Le dedicó un guiño y se estiró haciendo que se remarcaran todas sus curvas. Él sacudió la cabeza, pero sabiendo que no tenía ninguna posibilidad de que se aclarase. Ya había pasado por aquello con esa mujer, se había sentido tan lleno de deseo que todo lo de alrededor se volvía gris. Se desabrochó el pantalón y lo dejó caer siseando cuando rozó su sexo.

Esa mujer lo afectaba más que ninguna otra.

—Me encanta cuando haces ese sonido.

—Eres la única que lo ha oído —dijo, y terminó de quitarse la ropa.

—¿De verdad? —preguntó ella.

—Sí —se unió a ella en la cama—. Quiero verte desnuda.

Ella le pasó la mano por los costados y dijo:

—Me gustas desnudo.

Tino no pudo reprimir más la necesidad de devolverle la caricia. La besó y la acarició a través de la seda del vestido. Había deseado hacer eso toda la noche, sentir sus curvas a través de la fina tela. Su deseo por ella era tan fuerte como siempre.

Ella gimió y se arqueó por sus caricias pidiendo más en silencio.

Y más era lo que él quería darle.

Siguió con las caricias por los pechos, la cintura, las

caderas. Una y otra vez tocó los lugares de su cuerpo que sabía que la volvían loca.

Por cómo ella lo agarraba de los hombros clavándole los dedos, supo que estaba fuera de control. Tal y como él quería tenerla.

Capítulo 4

YA ERA hora de quitarle la ropa. Lo hizo y aprovechó la ocasión para torturarla un poco más. Pero sacar a la luz su cremosa piel era un arma de doble filo. Las pecas que salpicaban los hombros y la parte superior de los pechos eran su perdición. No tenía ninguna en el rostro, así que las manchas color canela eran algo secreto, para él solo. Un conocimiento que sólo compartían los dos. Se sentía tentado de contarlas con besos cada vez que las veía. Y esa vez no fue diferente. El deseo que sentía por su cuerpo no disminuía. Recorrió los puntitos.

—Eres tan hermosa.

—Tienes una extraña querencia por mis pecas —dijo entre jadeos.

—¿Eso crees? —preguntó saboreando los puntos color azúcar morena.

Todo en ella era dulce. Peligrosamente dulce.

Su única respuesta fue un gemido cuando sus labios siguieron su camino natural y se encontraron con un erecto pezón. Le encantaba que jugara con sus pezones y él lo sabía y disfrutaba haciéndolo.

Lamió suavemente la punta, después lo rodeó con la lengua delicadamente a pesar de que el deseo que sentía era tan poderoso que le dolía. No quería lanzarse a él. Tenía algo que demostrarle.

Siguió allí hasta que el simple roce de su cálido aliento sobre su sensible piel la hacía gemir. Entonces se cambió al otro y empezó a hacer lo mismo.

—¿Qué haces? ¿Torturarme? —gritó ella mientras él le chupaba el pezón con toda la boca.

Tino levantó la cabeza y se encontró con esos ojos azules que lo miraban.

—Te estoy dando más.

—No quiero más. Te quiero dentro de mí —entonces se mordió el labio como si se arrepintiera de lo que había dicho.

—Confía en mí, aquí... —deslizó dos dedos en su hinchado y absolutamente lubricado canal— es donde yo quiero estar también, pero sólo cuando te haya dado más —hundió los dedos rozando ese sensible lugar al que algunas mujeres se refieren como punto G.

Ella gritó y ese sonido se unió a la excitación de él haciendo más difícil esperar, pero lo haría.

Esa noche tenía que ser espectacular.

Siguió con el masaje notando cómo las paredes presionaban contra los dedos mientras los movía estimulando su punto G con lentas caricias. Ella movía todo el cuerpo. Tino podía notar su deseo de llegar al clímax en oleadas palpables de energía sexual. Sus pequeños gemidos eran una forma inarticulada de decirle que se había hecho adicta a aquello desde su primer encuentro.

Su Faith no jugaba a disimular ni ocultaba sus necesidades físicas ni su deseo. Las expresaba de una docena de maneras distintas, todas lo encendían. El sexo con esa mujer era de un caliente volcánico, pero también era sincero. Lo sorprendía y le resultaba delicioso.

Había llegado su turno.

Frotó el clítoris con el pulgar, sólo un ligero movimiento atrás y adelante, pero era todo lo que ella necesitaba. Levantando la pelvis se convulsionó alrededor de sus dedos y de su garganta brotó el sonido que él deseaba escuchar.

Más.

La besó durante el orgasmo ayudándola a bajar, pero no demasiado. Aún no había terminado con ella. Ni de lejos.

Cuando su respiración se acompasó un poco, le levantó las piernas y se las pasó por encima de los brazos y las abrió hasta que ella quedó completamente abierta a su mirada. Tuvo que aclararse la garganta para poder hablar.

–Eres tan increíblemente hermosa así.

–¿Saciada de ti? –movió la pelvis para rozar con su sexo la punta del pene–. Aún me necesitas.

–Sí.

–Yo también te necesito.

–Lo sé –dijo en un tono triste.

No le gustó; en su cama no tenía sitio la melancolía.

–No eres mi amante –no sabía por qué había dicho eso.

–¿Qué? –lo miró con los ojos muy abiertos.

–No eres mi amante. Eres *amore mio* y mi amiga.

–Sí –la sonrisa que le dedicó estaba teñida de tristeza, pero en ella brillaba la esperanza.

–Ahora voy a darte más, *carina*. ¿Estás preparada para mí?

Ella asintió y se le aceleró un poco la respiración. Entró en ella. Su cuerpo, a pesar de haber llegado ya al clímax, estaba listo para más. Listo para él.

Empujó hacia delante permitiendo que el extremo de su sexo duro como el granito la rozara abriéndola de nuevo, pero no entró más. En los labios de ella se dibujó una conocida sonrisa mientras lo esperaba con una expectación que él adoraba.

Empujó y separó los hinchados labios de su sexo penetrando dentro de ella. Era tan bueno, perfecto, rugió. El sonido le reverberó en la profundidad del pecho. Con ella se volvía un hombre primario.

–Estás tan húmeda.

–Eres tan grosero, Tino. Nadie podría esperarlo –levantó la espalda para incrementar la estimulación.

–Sólo tú haces que muestre esa parte de mí.

–Mejor que sea la única, señor.

Tino rió suavemente mientras permitía que su engrosado miembro entrara más dentro de ella.

–Eres como seda caliente. Siento como si fuera a perder la cabeza cada vez que entro en ti.

–Yo perdí la mía hace tiempo –apoyó la cabeza en la almohada con los ojos semiabiertos.

Él sonrió y empezó a moverse atrás y adelante con un ritmo creciente introduciendo su sexo cada vez un poco más en cada embestida.

La intimidad que había compartido con Maura había sido amorosa y apasionada, pero nada comparable con lo que compartía con Faith. Maura nunca se había sentido así de cómoda expresando su deseo, algo esperable en una mujer educada en el conservador entorno de Sicilia. Pero ese aspecto de la vida sexual de Faith le encantaba. El modo en que ella no sólo aceptaba su sexo completo, sino cómo lo ansiaba, era algo que un hombre como él nunca había valorado como se merecía.

No podía evitar regocijarse por el interés que Faith ponía cada vez que hacían el amor.

–Nunca te escabulles de mí –la sorpresa que había en su voz lo avergonzó un poco, pero como tantas cosas en esa mujer, provocaban en él una respuesta incontrolable.

En muchos sentidos resultaba peligrosa, pero seguía jugando a la ruleta rusa con sus emociones... poniendo en peligro la promesa que había hecho a su esposa muerta. Su cerebro le decía que debería salir de allí antes de que las cosas fueran demasiado lejos, pero todo dentro de él se rebelaba contra esa idea.

–¿Por qué iba a hacerlo? Nos ajustamos perfectamente.

–Perfectamente –porque ella se relajaba tan bien.

–Mmm –se humedeció los labios–. Es grande, pero está muy bien, Tino.

–Está mejor que bien.

–Sí... –dijo en un susurro cuando lo notó completamente dentro.

Lo rodeó con las piernas.

–Necesito besarte.

–Por favor, Tino –se inclinó hacia él hasta que sus bocas se encontraron.

Mientras se besaban sus cuerpos se movieron juntos a un ritmo lleno de ternura en la que él prefirió no pensar.

Podía sentir cómo el deseo crecía dentro de él. Decidió no entregarse aún sin importarle lo mucho que lo deseaba. Estaba decidido a hacerla llegar hasta otra cumbre. Su segundo clímax sería mucho más intenso que el primero. Sería más.

Al margen de su voluntad, su pelvis se retorcía en cada embestida como si su cuerpo hubiera sido entrenado para darle a esa mujer el placer que necesitaba. El placer de ella le producía una intensa satisfacción a él.

De pronto empezaron a llegar los dos a la vez, su orgasmo lo superó de un modo que ni siquiera tuvo la esperanza de controlar. Además no quiso hacerlo mientras notaba las contracciones de ella alrededor de su sexo y sus cuerpos vibraron hasta que los músculos sucumbieron al colapso.

Sus bocas se separaron permitiendo respirar a los dos y él consiguió desviar parte de su peso hacia un lado, pero mantuvo el contacto. Sabía que ella lo prefería así.

–Gracias.

–No, *cara,* gracias a ti.

Ella murmuró otra cosa, pero él sabía que se dormiría deprisa. Solía decirse que eran los hombres los que se dormían después del sexo, pero él raras veces lo hacía. Su amante norteamericana, sin embargo, parecía tener asociado el orgasmo con una especie de botón del sueño. No le importaba. Ansiaba ese momento en que podía abrazarla sin tener que poner la fachada de macho.

Pero esa noche hizo algo que nunca había hecho. O al menos no hasta la última vez que habían estado juntos en Marsala. Dejó que su cuerpo se relajara en preparación para el sueño.

Aunque Giosue se despertaba pronto, Valentino siempre se despertaba antes. No le preocupaba que los descubriera. Además le parecía demasiado frío echarla de su cama después de una experiencia tan intensa. Cada vez se le había hecho más difícil hacerlo últimamente.

Quería dormir abrazado a ella. Gio nunca lo sabría y así no sufriría. Estaba convencido de que dormiría hasta tarde porque le había dejado acostarse más tarde de lo normal por su invitada.

Su invitada. Su amante.

Mentalmente lo negó. Nunca habría imaginado que estaba tan vinculada con su familia. Aún no estaba seguro de cómo se sentía con eso, pero no iba a resolverlo esa noche. Al día siguiente podría buscar una respuesta a la pregunta de por qué una mujer con la que llevaba acostándose casi un año era un enigma semejante.

Después tendría que reinstaurar las normas que debía cumplir la mujer que compartía la cama con él. O quizá podía reconsiderar esas normas. Al menos un poco. Después de todo, ella era algo más que una compañera de cama. Era su amiga. Una amiga de la que sabía menos que de la competencia de sus empresas.

Por segunda vez Faith se despertó en brazos de su amante.

Tino le había permitido dormir en su cama. En la casa de su familia.

Quizá sí le había dado más esa noche. ¿O había sido algo inconsciente? Realmente no importaba si lo había pensado o actuado por instinto... tenía que significar algo.

Lo mismo que su promesa de no seguir buscando el arquetipo de la perfecta siciliana tenía que significar algo. Gio era el corazón de Tino, pero el entregado padre había prometido no salir con otras mujeres mientras estuviera con Faith.

Había pensado que se le rompería el corazón cuando él había dicho que Gio podía necesitar otra madre, pero que esa madre no sería ella. Había sentido dolor y enfado y miedo entre otras muchas emociones que la confundían y no estaba segura de que fuera algo provocado por las hormonas del embarazo.

Los dos embarazos que había tenido antes habían provocado en ella fuertes cambios de humor. Tay y ella habrían discutido constantemente si él no hubiera asumido que sus cambios de carácter se debían a las hormonas. ¿Tendría Tino la misma paciencia? ¿Querría ella que la tuviera? Había habido momentos en que la comprensión de Tay le había parecido más paternalismo que comprensión.

En ese momento sentía que se encontraba fuera de control en lo concerniente a sus sentimientos y no le gustaba la experiencia. Había habido momentos la noche anterior en que había estado a punto de golpear a Tino, pero después el péndulo que eran sus emociones había pasado al extremo de la tranquilidad que le daba el sexo.

No creía que Tino estuviera más seguro de sus sentimientos de lo que lo estaba ella. Porque en la misma conversación en que había hablado de buscarle una madre siciliana a Gio había dicho que no quería terminar con ella. Sabía que ella no sería la querida de ningún hombre.

Desde muy pronto eso había quedado claro en su relación.

La intimidad de esa noche había sido impresionante, eso no podía negarlo. Se había sentido más conectada a Tino que nunca antes. Había estado tan concentrado en darle placer, pero había habido algo más, le había dado algo de sí mismo. El modo en que se había movido dentro de ella, con una innegable ternura que le había llenado los ojos de lágrimas justo antes de llegar juntos al placer último.

Por mucho que le costase, se liberó de su abrazo. Incluso aunque Tino pensase que podía manejarlo, ella no quería que nadie de la casa los descubriesen en la cama, mucho menos Gio.

Podía estar jugando a emparejarlos, pero eso no significaba que estuviese preparado para descubrir que su padre tenía una amante que había ocupado el lugar de su madre en la cama con dosel. Aún no podía creer que hubieran hecho el amor en esa habitación. No sólo eso, además la había llevado allí en brazos.

Se dio una ducha rápida y se quedó paralizada cuando vio la estatua que había en el vestidor. Era una mujer sin rostro con los brazos tendidos a un hombre que sostenía un niño. El hombre y el bebé no tenían rostro tampoco, pero supo que el bebé era un varón.

¿Cómo no iba saberlo? Ella había hecho la estatua. La original, completa, con su rostro y el de Taylish sosteniendo un bebé cuyas facciones eran una amalgama de las de ellos, estaba en su estudio.

—Mi madre me la compró.

No le sorprendió que Tino estuviera despierto, tenía un sueño muy ligero y seguro que había oído el agua de la ducha.

—¿Te gusta?

—Mucho, Me recuerda a Maura cuando estaba viva.

—¡Oh! —evidentemente no había nada en esa obra que mostrara la profunda pena que había en su rostro en el original.

—Es como si nos esperara a Gio y a mí con los brazos abiertos.

—O como si os dejara ir —así era como la había titulado la primera ver que la había hecho, después, las versiones sin rostro se llamaban sencillamente *Familia*.

—¿Es una ilusión? —preguntó con un tono algo áspero.

—¿Qué quieres decir? —se volvió a mirarlo.

—¿Tienes la esperanza de que mi esposa finalmente me deje ir para que pueda pedir a alguien que ocupe su lugar? —lo que pensaba era evidente en su gesto.

No importaba. El único camino que le quedaba, especialmente en ese momento, era la sinceridad.

—¿Y si dijera que sí?
—Te recordaré que, si vuelvo a casarme, será con una siciliana, alguien que pueda dar a Gio al menos esa parte de su madre —el dolor brilló en sus ojos y rápidamente le siguió la culpa y después ambas emociones desaparecieron.

Dolía que siguiera completamente decidido a no casarse con ella. Y estaba convencida de que ese dolor no era a causa de las hormonas.

—¿Por qué me has dejado dormir aquí esta noche? —tenía que preguntarlo.

—Me quedé dormido.

—Tú nunca te quedas dormido.

—Siempre hay una primera vez para todo.

Así que había sido algo inconsciente. No le sorprendió. No sabía por qué se había acostado con ella en esa cama y, sinceramente, ¿qué importaba eso ya? Lo que importaba era su rechazo mucho más que evidente. Cualquier sentimiento que tuviera estaba oculto tras la máscara que llevaba puesta. Y eso no debería sorprenderla.

Era la primera mujer con la que compartía esa cama desde la muerte de su esposa. Por muy duro que fuera el rechazo para ella, la situación era igualmente difícil para él. Sólo que de otro modo.

Ella había tenido sus propios momentos para superar la pérdida de Taylish y su hijo nonato. Sabía lo duro que podía ser. Por mal que se sintiera en ese momento no podía ignorar el dolor de Tino. No era su forma de ser, pero además... lo amaba.

Acarició la estatua. Era una hermosa pieza. Una de sus favoritas. La de su estudio expresaba una mesurada paz en medio de la agonía a la que no había sido capaz de poner voz. Nadie había estado ahí para escucharla. Estaría ahí para Tino en ese momento si él así lo quisiera.

–Tino...
–No podré verte hasta que vuelvan mis padres –dijo en tono seco.
–Lo comprendo –era verdad.
Él permaneció de pie en silencio, si esperaba que ella dijera algo más...
–Está bien, Tino –echó un último vistazo a la estatua y empezó a vestirse.
Pareció que ésas no eran las palabras que él quería escuchar.
–¿Te veré entonces?
–Por supuesto –dijo mientras se ponía las sandalias.
–Bien –asintió como perdido, muy distinto del Tino magnate y suave aunque distante amante.
Cuando terminó de vestirse se quedó de pie delante de él y lo besó en la mejilla.
–De verdad que estaré bien.
–No lo dudo.
–No es fácil para ninguno de los dos.
–¿Qué quieres decir? –preguntó él de nuevo tenso.
En realidad no se había relajado desde que ella había salido del cuarto de baño.
–Déjalo.
–No tengo nada que dejar.
Ella no discutió. No tenía sentido. Sólo provocaría en él una mayor determinación de mostrar que tenía razón. Ya tenía bastante con superar esa situación como para añadir su tozudez a la mezcla.
–Te veré cuando tus padres vuelvan de Nápoles.

Valentino soltó un juramento y golpeó con la mano el pie de la estatua que Faith había admirado. ¿Su esposa dejándolo ir? Él no pensaba así.

Maura estaría en su corazón para siempre. Lo había prometido.

Los recuerdos eran tan viscerales como si hubiese pasado una hora antes.

Su joven esposa había empezado esa mañana a no sentirse bien. Él había tenido la temeraria esperanza de que estuviera embarazada otra vez. Pero no había sido el caso. Ignorante de la tragedia que se avecinaba, había volado a Grecia para una reunión con la esperanza de que su familia creciera. Eso era en lo que pensaba mientras el cuerpo de su esposa la traicionaba y se la quitaba. Había pasado el día sonriendo más de lo normal porque se sentía en la cima del mundo. Y después ese mundo se había venido abajo.

La reunión había sido un éxito, había abierto las puertas a la mayor expansión de los intereses de la familia Grisafi. Habría cambiado ese éxito y todo lo que había llegado después por un día más lúcido con la madre de su hijo.

Su madre lo había llamado justo antes de que se subiera al avión para volver a casa. Su padre había llevado a Maura al hospital porque se había desmayado subiendo las escaleras. Para cuando él llegó al hospital, Maura estaba en coma.

Paralizado por primera vez en su vida, sudando había entrado en tromba en la habitación. Maura estaba completamente pálida e inmóvil. Había tomado su mano sin vida y se le había parado el corazón al notar su frialdad. Había rogado que se despertara, que hablara, que le acariciara la mano... algo.

Pero nada. Nada en ese momento. Nada más tarde. Ni un movimiento de ojos. Ninguna palabra incompleta. Ni un adiós. Absolutamente nada.

El único sonido eran sus propios ruegos que habían

acabado en un murmullo y el sonido de las máquinas a las que estaba conectada. Máquinas que no le habían salvado la vida.

Su primer coma diabético había sido el último. Nada de lo que hicieron los médicos pudo controla su glucemia y murió sin salir del coma.

Había pasado cada minuto con ella, pero no había servido para nada. Y cuando había entrado en parada cardiaca habían tenido que llamar a seguridad para separarlo de ella. Había entrado en coma y él estaba en otro país y había muerto con él en el pasillo.

Nunca olvidaría la rabia, el dolor y la sensación de indefensión que experimentó con su hijo pequeño en los brazos mientras le decía adiós. Había prometido entonces, de pie al lado de su tumba, con su lloroso hijo que sólo quería estar con su madre, había prometido que nunca dejaría de amarla, que nunca la reemplazaría en su corazón.

Y Valentino Grisafi nunca rompía una promesa y no iba a empezar a hacerlo.

Sencillamente no había opción. No importaba lo que pudiera querer, pensar o necesitar.

Capítulo 5

FAITH no vio de nuevo a Tino mientras Agata y Rocco estuvieron en Nápoles. Tampoco hubo conversaciones telefónicas. Tampoco esperaba que las hubiera.

Tino no iba a aceptar fácilmente el cambio en su relación. Eso sí lo aceptaba. Tenía que creer que lo haría. Sobre todo después de haber hecho el amor con él esa noche. Tampoco tenía muchas opciones. Una vez que se ponía en plan seductor, ella estaba perdida. Lo amaba. Lo necesitaba. Aunque esa verdad la asustaba mortalmente, no podía negarla. No solía engañarse a sí misma. Aceptaba la intimidad física porque sustituía la conexión emocional que anhelaba después de saber que estaba embarazada. Y algunas veces cuando hacían el amor, realmente se sentía amada por él... aunque sólo fuera un momento.

Era así de simple y así de complicado.

Pero quizá era el camino a algo mejor... algo que realmente fuese más.

Él había empezado a hacer los primeros movimientos en su relación. Primero habían dormido juntos en el apartamento de Marsala y después habían hecho el amor en su casa familiar. Eso mitigaba un poco su miedo al futuro, aunque tampoco lo eliminaba por completo.

Él podía no querer admitirlo, pero estaba pensando en ella en términos más amplios que simplemente como en su «pareja actual». Habían sido exclusivos casi desde el principio, algo en lo que habían insistido los dos. Si se añadía a eso lo bien que se llevaba ella con su familia y la amistad que había entre ellos, podía pensarse en unos fuertes cimientos para una relación duradera. Que lo amara sólo contribuía a facilitar que formaran una familia.

Incluso aunque él nunca llegara a amarla como había amado a Maura, tendría bastante con ser su esposa y madre de sus hijos. Ni siquiera había esperado volver a tener una familia. No después de todo lo que había perdido.

Además, nunca había amado a Taylish como amaba a Tino, pero había sido feliz en su matrimonio. Contenta de tener un amoroso compromiso ya que no pasión.

Había veces en que sabía que había querido más, pero nunca se había arrepentido de su matrimonio. Sólo había acabado con él la muerte. Pero no quería recordar ese día. Pertenecía al pasado... lo mismo que las dos familias que había perdido. Las únicas familias que había tenido. De momento.

Sus esperanzas quedaron plasmadas en la serie de esculturas con temas de felices familias que hizo a lo largo de la semana siguiente.

Agata la llamó cuando volvió del continente. Faith no le contó la cena con Tino y Gio. También evitó que fuera a su estudio la siguiente semana. No quería que viera las reveladoras piezas antes de tener la oportunidad de decirle a Tino que iba a ser padre.

Cada día que pasaba sin noticias de él, lo echaba más de menos. Quería compartir con él el milagro de su embarazo, pero era importante darle tiempo. Tenía que aceptar los nuevos parámetros de su relación. Sin embargo, cuando el silencio llegó a la semana después de la vuelta de sus padres, lo llamó. Sólo para descubrir que había ido a Nueva York para reunirse con su hermano y un cliente potencial. Intentó llamarle al móvil, pero sólo pudo oír su contestador. Después de que le hubo sucedido lo mismo un par de veces, una de ellas tarde por la noche, pensó que la estaría evitando.

Le molestó y se sintió rechazada. Se aferró a la idea de que, si hubiera querido romper con ella, lo habría hecho, no la estaría evitando como un adolescente. No, sencillamente se estaba resistiendo a los cambios que había habido entre ellos.

Le ponía nerviosa pensar cómo reaccionaría a la noticia de su embarazo. Por suerte era tan siciliano como se podía ser. Cualquiera pensaría que eso supondría que sería un hombre imposible, pero ella sabía que para Tino suponía querer a su familia y a sus hijos por encima de todo. Podría no sentirse muy emocionado por su nuevo papel en la vida, pero sabía que se alegraría por el bebé. Siendo tan tradicional como era sabía que no intentaría excluirla a ella de su relación con su hijo. Gracias a Dios.

Su deseo de que fuera siciliana la mujer con la que se volvería a casar si decidiera hacerlo le preocupaba un poco, pero tendría que afrontarlo y cambiar de idea. No era que la rechazara a ella personalmente. Le gustaba tanto dentro como fuera del dormitorio. De eso estaba segura. Incluso en el apartamento no pasaban en la cama todo el tiempo que estaban juntos.

Y en la cama también hablaban, no de nada personal, sino de política, religión, lo que opinaban de las últimas noticias, los negocios de él... la clase de cosas de las que no se hablaría si la relación fuera sólo sexo.

Podía no saber mucho de su carrera artística, pero

sabía su postura a favor de la defensa ambiental, lo que opinaba de los déficit del gobierno, de los niños que volvían del colegio a casas vacías, y conocía los deseos de él de dominar su rincón del mercado de los vinos.

En ese momento, sin embargo, tenía que adaptarse al hecho de que él era parte de su familia y una parte mucho mayor de lo que había pretendido cuando habían empezado a salir.

Mientras tanto, decidió aceptar una invitación de Agata para comer en el viñedo.

Un día antes de la fecha en que había dicho a su familia que volvería, Valentino aparcó el coche en su lugar del garaje que había mandado construir al lado de la casa cuando se casó con Maura.

Se acordó de ella. Era muy dulce. Como Faith.

Suspiró frustrado al pensar en ella. El viaje a Nueva York se había alargado más de lo esperado, aunque había tenido un lado beneficioso. Había hecho más fácil poner distancia con Faith. Aunque le había supuesto un gran esfuerzo de autocontrol no responder a sus mensajes en el contestador. Lo que demostraba que tenía que tomarse en serio su decisión de volver a encarrilar esa relación. O eso, o tendría que dejarla, y eso era algo que no quería hacer.

El anhelo que sentía por oír su voz lo llenaba de rabia consigo mismo al mismo tiempo que de una sensación de indefensión a la que rechazaba entregarse. Había estado resistiéndose a la necesidad de dormir con ella toda la noche casi desde el principio. Nunca antes se había sentido tentado de no estar en casa por la mañana cuando se despertara su hijo.

Se había sentido bien al pasar la noche con ella en

la cama de la casa familiar. Demasiado bien. En ese momento dudaba de que hubiese sido un gesto inteligente. Por esa decisión estúpida había llegado todo ese coste emocional.

Si fuera un hombre completamente honrado, la dejaría por completo. Se lo había dicho en Nueva York una y otra vez. ¿Qué decía de su fuerza de voluntad que no lo hiciera?

Desde luego no era algo de lo que sentirse orgulloso.

Pasarían aún un par de días antes de que pudiera verla. Días de agonía, pero Gio lo habría echado de menos y ésa tenía que ser su primera preocupación.

Claro, que si salía cuando estuviera durmiendo, el niño no lo echaría de menos en absoluto.

Daba vueltas a esa idea cuando de pronto oyó en la terraza la melodiosa risa de Faith mezclada con la voz de su madre. Se quedó paralizado sin saber qué hacer. No tenía ninguna duda de lo que quería hacer. Quería verla, pero ¿qué debía hacer? La decisión la tomó por él su madre:

–Valentino, *fliglio mio*, ¿eres tú?

–Sí, *mamma,* soy yo.

–Ven aquí.

No tenía más remedio que obedecer. Podía tener treinta años, pero un siciliano sabía que debía obedecer una orden directa de su madre. Si no, le haría daño, y herir a los que amaba era algo que evitaba a toda costa.

Se acercó a la terraza y además de a su madre y Faith, se encontró con su padre y Giosue.

Su hijo saltó desde donde estaba con los pies dentro del agua al lado de Faith y corrió hasta él.

–Papá, papá... ¡estás en casa!

—Sí, estoy en casa y feliz de volver —abrazó a su hijo y lo levantó.

—Te he echado de menos, papá. *Zio* Calogero no debería hacerte ir a Nueva York.

—Algunas veces es necesario, *cucciola*. Ya lo sabes.

—¡Papá! —dijo su hijo agachando la cabeza—. No me llames así. Eso es para niños pequeños y yo ya soy mayor, ¡tengo ocho años!

—Pero para un hombre su hijo siempre es pequeño —dijo Rocco acercándose a abrazar a su hijo y su nieto—. Bienvenido a casa, *piccolo* —dijo enfatizando la última palabra con un guiño a su hijo.

Habían pasado años desde la última vez que su padre lo había llamado así y Tino se echó a reír.

—Papá es más grande que tú, *nonno*, ¿cómo puede ser tu pequeño?

—No tiene nada que ver con el tamaño, es por la edad, y yo siempre seré mayor que él.

—Así es —dijo Valentino—. Y yo siempre seré mayor que tú —dijo mientras le hacía cosquillas.

Giosue se echó a reír y se escabulló corriendo hasta la piscina a la que se lanzó para sacar de inmediato la cabeza del agua.

—Ahora no puedes atraparme, papá.

—¿Crees que no?

—Lo sé. La *nonna* se enfadará si te mojas el traje.

Eso hizo que todo el mundo se echara a reír, incluida Faith, atrayendo la atención de Valentino como una flor la de una abeja. Maldición. Era preciosa. Llevaba una camiseta verde brillante y un par de pantalones capri que se había subido hasta las rodillas para poder meter los pies en el agua de la piscina. Su hermoso pelo rojo le caía suelto por los hombros y no se veían las sandalias por ningún sitio.

Incluso cuando lo abrazó su madre recibió sólo una parte de su atención mientras el resto de su cuerpo se moría por abrazar y besar a esa mujer a plena luz del día.

–Me he enterado por mi nieto que mi amiga y tú ya os habéis conocido –dijo su madre.

Conocedor de cómo funcionaba la mente de su madre, se puso en alerta de inmediato y calculó hasta la menor de sus reacciones. Estaba deseando verlo casado y dándole más nietos. Su argumento de que ya era hora de que Calogero cumpliera con su parte y fuera él quien tuviera familia no conseguía que se escuchara. Su madre quería más nietos de él. Y punto.

Y había descubierto que era amigo de Faith. Tenía que tener mucho cuidado, si descubría la relación íntima que mantenía con ella, estarían casados antes de que se hubiera dado cuenta.

–Ya nos conocíamos, sí.

–¿Conocidos? Estoy segura de que tu hijo ha dicho que erais amigos –dijo su madre con un brillo en los ojos que confirmaba los peores temores de Valentino.

Él se limitó a encogerse de hombros y no confirmó nada. Tampoco lo negó. Algunas veces era el único modo de manejar a su madre y sus maquinaciones. Siempre había pensado que no querría enfrentarse con ella en una reunión de negocios, hacía que sus más duros clientes y competidores parecieran aficionados.

–Lo más curioso para mí es que nunca mencionaras tu amistad con ella –dijo él.

–Estás de broma, hijo. Siempre estoy hablando de mi querida amiga TK.

–Sí, pero ¿qué tiene eso que ver con Faith?

Su madre abrió mucho los ojos y miró de soslayo a la mujer en cuestión. Faith no estaba mirando, pero en sus hombros se notaba una tensión evidente.

—No sois buenos amigos, ¿verdad? —preguntó su madre en un tono que no dejaba duda sobre lo que pensaba de lo superficial de su relación.
—Nos conocemos —volvió a decir.
—No muy bien.
Valentino volvió a encogerse de hombros, pero sintió una fuerte necesidad de negar lo que sentía como una acusación. Su madre también se encogió de hombros y dijo:
—Faith Williams es TK.
—¿La artista amiga tuya? —preguntó con auténtica conmoción—. ¡Pensaba que era un hombre!
—No, es una mujer muy mujer, como puedes ver —dijo su madre entre risas.
El recuerdo de Faith hablando de su interpretación de la estatua del vestidor acudió a su mente. Ella era la autora de esa obra. Cuando había hecho el comentario estaba refiriéndose a la idea que la había inspirado.
¿Qué significaba eso? ¿Que tenía un hijo?
—No me habías dicho que tenías un hijo —le dijo a ella.
Ella se puso de pie y lo miró a los ojos.
—Si recuerdas, el padre sostiene al niño —dijo demostrando que los dos habían pensado lo mismo.
—¿Qué se supone que significa eso?
—Descúbrelo tú mismo, Tino. O mejor, pregúntale a tu madre. Agata lo entiende mejor que tú y me conoce mucho más.
No podía creer que le llevara la contraria de ese modo delante de su familia. Su madre estaría a punto de darse cuenta de que los unía algo más que una amistad casual si ella seguía por ahí. Diablos, si tenía que explicar sobre qué estaba hablando, estaba perdido. La estatua estaba en su dormitorio. ¿Cómo iba a explicar que Faith, su no muy amiga, la hubiera visto?

—No tiene importancia —dijo en un intento de poner un cortafuegos a la curiosidad de su madre.

—No, supongo que no —Faith se volvió hacia la madre—. Va siendo hora de que me marche.

—Pero pensaba que te ibas a quedar a cenar.

—Sí, no dejes que mi llegada cambie tus planes —quería verla aunque fuera bajo la escrutadora mirada de su familia.

Sabía que no era lo más inteligente. Se suponía que iba a enfriar su relación, pero la había echado tanto de menos.

—Siento la necesidad de crear —abrazó a Agata—. Ya sabes lo que me pasa cuando siento la inspiración. No te ofendes, ¿verdad?

—¿Me dejarás ver los resultados de esa inspiración? —preguntó Agata—. Aún espero ver las piezas que has hecho mientras estábamos en Nápoles.

Faith se llevó las manos al vientre como si estuviera nerviosa.

—Sabes que al final te las dejaré ver.

—¿Lo prometes? Ya sé cómo sois los artistas. Sobre todo tú. Si crees que una pieza no está a la altura, vuelve al montón de barro.

—No puedo prometer que conserve algo que odio —dijo con una sonrisa tensa—, pero ya deberías estar acostumbrada a eso a estas alturas.

—Lo estoy —la abrazó con calidez—. No puedes reprocharme que lo intente. Me has malcriado dejándome acceder a tu estudio y verte trabajar.

—Eres mi amiga —dijo tras una risa más forzada que la sonrisa. Se acercó a la piscina y abrazó a Giosue—. Nos vemos esta semana en el colegio.

Se despidió de su padre con dos besos en las mejillas, pero a Tino sólo le dedicó una inclinación de cabeza. Le sentó como un puñetazo en el estómago. Entendía que tenían que ser cuidadosos delante de sus padres, pero eso era pasarse. ¿Habría sido deliberado? Por desgracia no podría preguntárselo sin levantar sospechas. Tendrían que hablar sobre cómo actuar delante de su familia en el futuro.

Tuvo que hacer un gran esfuerzo para no salir tras ella mientras se alejaba.

–Y tú estabas preocupado por si tu madre se estaba sintiendo atraída por TK –dijo su padre con una gran carcajada.

–Algunas veces, hijo mío, eres un poco obtuso –dijo su madre sacudiendo la cabeza.

–Pero se le dan bien los negocios –dijo Giosue tratando de defender a su padre.

Parecía que todo el mundo en su familia conocía a Faith más íntimamente que él. Y estaba decidido a rectificar esa ignorancia.

–Mamá, ¿a qué se refería con que el padre sostenía al niño en la estatua?

Era una de las razones por las que le gustaba tanto la obra. Mostraba un momento de ternura del padre con su hijo.

Su madre se lo quedó mirando un momento, lo que le dio tiempo a darse cuenta de la monumental estupidez que había preguntado. Era evidente que Faith alteraba su equilibrio.

Sin embargo en la cabeza de su madre pareció no ocurrir nada.

–¿Te refieres a la estatua que te regalé y que está en el vestidor de tu cuarto? –dijo delicada.

–Sí, ésa –dijo con despreocupación.

No dio más explicaciones y, sorprendentemente, su madre no se las pidió, aunque podía notar la especulación en sus ojos. Agata se miró las manos antes de volverlo a mirar.

–No estoy segura de si es algo que a ella le guste que comparta contigo.

No iba a desistir después de la estupidez que había cometido para obtener esa información.

–Mamá –dijo con exasperación–, ella ha dicho que te lo preguntara a ti.

–Sí, bueno, supongo que es así. ¿No sabes que perdió a su marido en un accidente de coche hace seis años?

–Sabía que era viuda.

–En el mismo accidente perdió a su hijo.

–¡Qué horrible! –a él casi lo había destruido la pérdida de Maura, si también hubiera perdido a Giosue, no habría podido soportarlo.

–Sólo es eso –la abuela abrazó al niño mojado–. Firma sus obras como TK como tributo a ellos. Su marido se llamaba Taylish y su hijo se habría llamado Kaden.

–¿Se habría llamado?

–Estaba embarazada. Y por lo que dice, había sido casi un milagro. Su vida no ha sido fácil. Se quedó huérfana muy pequeña por la muerte de su madre y nunca conoció a su padre, ni siquiera sabe quién era... creo.

–La vida tiene bastante dolor como para disfrutar de toda su dulzura –sentenció su padre como si hubiese dicho: *cu'avi 'nna bona vigna avi pani, vinu e linga.*

«Quien tiene buena viña, tiene pan, vino y leña». Una muestra de que los sicilianos eran gente práctica. Su fatalismo se reflejaba en que en su lengua vernácula no había futuro, sólo presente y pasado.

Valentino sintió un profundo dolor al descubrir que su Faith de aspecto feliz tenía un pasado lleno de sufrimiento. Su optimismo era una de las cosas que más lo atraía de ella.

Descubrir que tenía esa actitud a pesar del sufrimiento pasado era sorprendente.

—Creo que la *signora* Guglielmo quería mucho ser madre —dijo Giosue—. Quiere mucho a todos los niños del colegio, incluso a los que se portan peor.

La observación de su hijo arrancó una risa a Valentino a pesar de la tristeza que sentía por la mujer que encontraba en los hijos de los demás un sustitutivo a su necesidad de cuidar.

La recordó diciéndole que creía que ella no estaba destinada a tener una familia. Había interpretado aquello como que no quería ser madre. A la vista de lo que sabía en ese momento, esas palabras eran mucho más perturbadoras de lo que había interpretado.

Cuando le había dicho que quería más de él, era que realmente quería más. Quería lo que no había podido tener: una familia. Y la única forma que tenía de dársela era rompiendo una promesa sagrada. No había opción. Pero tampoco quería dejarla para que se buscara a otro.

Capítulo 6

FAITH condujo hasta Pizzolato como una autómata. ¿Se conocían?

Cada palabra que Tino había utilizado para responder a las preguntas de su madre se había clavado en su corazón como una daga. ¿Cómo podía hablar de ella como si no significase nada para él? Aunque tenía la respuesta a esa pregunta, una respuesta que prefería ignorar. Sólo deseaba poder hacerlo, poder mentirse a sí misma como cuando había creído que las cosas entre ellos estaban cambiando.

Podía despedirse de ella como si fuera alguien que no le importaba porque así era. Era una pareja sexual adecuada. Nada más. ¿Amigos? Cuando a él le convenía pensar así, pero eso no se extendía a los momentos en que estaban con su familia.

Conocidos. Las palabras resonaban en su cabeza.

No sabía por qué había dormido con él esa noche en Marsala. No tenía ni idea de por qué la había llevado a su dormitorio, pero sabía que no la había llamado en dos semanas y que había ignorado sus llamadas. Quizá quería acabar con su relación.

Tuvo que detenerse a un lado de la carretera porque las lágrimas no le dejaban ver.

Había creído que podía volver a ser feliz. Que quizá ese niño anunciaba una nueva época en su vida, una en la que no perdería todo lo que amaba.

Pero ya vería que eso no era así. Había perdido a Tino o estaba a punto de perderlo.

¿Qué pasaba si la pérdida de Tino era sólo un presagio de todo lo malo por llegar? Y si perdía al bebé. No podría soportarlo.

El primer trimestre era el más peligroso, aunque el médico le había dicho que todo iba bien. La perspectiva de un aborto le daba pánico.

El dolor no disminuyó, pero al final las lágrimas sí y pudo seguir conduciendo y llegar a casa.

No había mentido cuando le había dicho a Agata que necesitaba crear, pero la obra de esa noche era de ésas que no quería compartir con nadie. Menos con una mujer tan amable como ella.

Tampoco fue capaz de destruirla. Una vez más no podía compartir con nadie el dolor que la invadía. Era otra mujer embaraza, pero en esa ocasión la madre estaba hambrienta, su piel se tensaba sobre los huesos. Su ropa estaba rota y le colgaba vacía y su diminuto vientre mostraba un embarazo sin esperanza. Tenía el pelo lacio y las gotas de lluvia se mezclaban con sus lágrimas.

La figura representaba el hambre de maternidad que había sufrido ella durante tanto tiempo. Había tratado de saciarla, como una mendiga que sacia su hambre con lo que encuentra en la calle, enseñando arte a los niños. Con su amistad con Agata. Con su relación íntima con Tino, pero todo era tan precario como la vida de la mujer de la estatua.

No tenía a nadie a quien llamar para decirle que tenía miedo de perder el niño que llevaba dentro. No podía permitir que eso sucediera.

* * *

Valentino llamó a Faith al día siguiente. Había tratado de hablar con ella una cuantas veces la noche anterior, pero no había tenido respuesta. Era la primera vez que ella no había atendido sus llamadas desde que había empezado su relación. No le había gustado y había decidido no volver a evitar las llamadas de ella en el futuro.

Esa vez ella respondió a la tercera, justo cuando pensaba que iba a volver a saltar el contestador.

–Hola, Tino.

–*Carina*.

–¿Necesitas algo?

–Nada de «¿qué tal el viaje?» o algo así.

–Si hubieras querido hablarme de tu viaje, me habrías llamado desde allí... o al menos respondido a mis llamadas.

–Siento no haberlo hecho, pero estaba ocupado –era la verdad, pero no toda la verdad.

–¿Demasiado ocupado para un hola de medio minuto? No lo creo.

–Debería haber llamado –reconoció él.

–No importa.

–Si te ha molestado, sí –por supuesto que la había molestado.

–Supongo que no tenías tiempo para sexo telefónico y no había otra razón para llamarme –dijo ella con tono tendencioso.

Ya se había disculpado, ¿qué más quería?

–No te enfades ahora –nunca había practicado el sexo telefónico, pero le intrigaba.

–Parece que contigo eso se está volviendo un hábito.

–No lo había notado.

–¿De verdad? –suspiró–. Debes de estar ciego.

Algo estaba pasando. Algo malo. Quizá le debía algo más que una disculpa verbal. Tenían que verse.

–¿Podemos quedar esta noche?
–¿Sólo para acostarnos o cenamos primero?
–¿Estás con la regla?
Normalmente era desconcertantemente sincera sobre esos días del mes en particular y no solía sufrir síndrome premenstrual, pero siempre había una primera vez para todo.

Oyó un gemido al otro lado de la línea y después un silencio; después dijo:

–No, Tino. Puedo garantizarte que no estoy en esos días.

–Parece que te vendría bien hablar, Faith. Vamos a cenar juntos.

–¿Dónde?

Dijo el nombre de un restaurante y ella aceptó sin su habitual entusiasmo.

–¿Prefieres ir a otro sitio?

–No.

–Muy bien, entonces en el Montibello.

Llegó pronto y esperó en la mesa a que él llegara. Estaba guapa como siempre, pero le dedicó una imitación de su sonrisa cuando llegó. Él se inclinó y la besó en la mejilla.

–¿Has tenido un buen día?

Ella se encogió de hombros sin mirarlo.

Empezaba a preocuparse. ¿Estaba enferma? ¿Pensando en volver a los Estados Unidos?

–¿Hay algo de que quieras que hablemos? –preguntó él.

–Nada en particular.

No lo creyó, era evidente que ella no estaba bien.

–Creo que hay algo de lo que deberíamos hablar.

–Vale –dijo sin entonación.

Al ver su actitud decidió seguir adelante con el plan original.

–Tenemos que acordar una estrategia para cuando estemos delante de mi familia.

–¿De verdad crees que eso se va a convertir en un problema? –preguntó en un tono de burla que nunca le había oído–. Llevamos meses acostándonos y sólo ha sucedido dos veces. La primera no habría sucedido si hubieras sabido que era la profesora de tu hijo, y la segunda se habría evitado si hubiera sabido que ibas a volver un día antes.

–Aun así, ha sucedido y creo que deberíamos diseñar esa estrategia por si vuelve a pasar.

–Creo que ya has sabido manejarlo, Tino. Tu familia se ha quedado con la impresión de que somos poco más que conocidos ocasionales –apretó las manos en el regazo.

Tino deseó levantarse y abrazarla, pero eso no sería seguro en un lugar público.

Marsala era lo bastante grande para cenar con ella como si fuera alguien relacionada con sus negocios. Era bastante improbable que los viera alguien que se lo contara a su familia; aun así seguía quedando mucha gente con ideas provincianas en aquella ciudad y Faith como mujer soltera no podría seguir dando clases si su reputación se veía en entredicho.

–¿Vas a decirme que te molestó? –tenía que entender que se hubiese comportado así.

–¿Importa? En nuestra relación, tal y como está, nunca ha sido importante que yo me sintiera cómoda –en sus ojos había una rabia que lo impresionó.

–Eso no es verdad. No te interesaba una relación a largo plazo cuando nos conocimos.

–Las cosas cambian.
–Algunas no pueden cambiar –deseó que no fuera el caso, pero lo era–. No tenemos por qué perder lo que tenemos porque no pueda ir a más.
–Has pasado dos semanas ignorándome, Tino.
–Estaba fuera del país –era una excusa pobre y lo sabía.
–Has desviado mis llamadas al buzón de voz.
–Necesitaba tiempo para respirar. Tenía cosas que resolver –reconoció–, pero ya me he disculpado. Volveré a hacerlo si es eso lo que quieres.
–¿Has resuelto tus problemas?
–Creo que sí.
–¿Y eso incluye tratarme como si no existiera delante de tu familia? –preguntó tensa.
–Si no lo hubiera hecho así, mi madre se habría dado cuenta de nuestra relación. Me conoce demasiado bien.
–¿Y habría sido una catástrofe? –en sus ojos había puro pesar.
–Sí –odiaba decir eso viéndola tan triste, pero no tenía elección–. No sería apropiado que mi querida visite a mi familia.
–No soy tu querida.
–Cierto, pero si le explico la diferencia a mi madre, estaríamos casados más rápido que la velocidad de la luz. Tú le gustas y quiere más nietos de su hijo mayor.
–Y pensar en casarte conmigo para ti es anatema.
No, no lo era, pero ésa era una parte importante del problema.
–No quiero volverme a casar con nadie.
–Pero lo harías.
–Si estuviera absolutamente convencido de que sería lo mejor para Giosue –sólo que no se casaría con

una mujer a la que pudiera amar, una mujer que pudiera socavar su honor.

Faith asintió y se puso de pie.

–¿Dónde vas? Ni siquiera hemos pedido la cena.

–No tengo hambre, Tino.

–Entonces, vamos –se puso también de pie.

–No.

–¿Qué quieres decir? –el pánico hizo que la voz le saliera un poco ahogada.

–Se acabó. No quiero volverte a ver –las lágrimas inundaron sus ojos.

Tino no podía creer lo que acababa de oír, mucho menos la forma en que ella parecía ser capaz de dejar a un lado sus sentimientos. Era como una extraña, no la mujer con la que había estado haciendo el amor casi un año.

–¿Porque necesitaba tiempo para pensar y he rechazado tus llamadas?

–No, aunque, sinceramente, eso sería suficiente para la mayoría de las mujeres.

–No eres como la mayoría de las mujeres.

–No, he sido un recurso sexual adecuado, pero eso se acabó, Tino. El pozo se ha secado.

–¿De qué demonios estás hablando? ¿Qué pozo? –hablaba como si él la hubiera estado utilizando, pero la relación había sido por acuerdo–. Querías de mí lo mismo que yo de ti.

Ella se encogió de hombros como si esa conversación no tuviera importancia.

–Cuando acordamos que las cosas entre nosotros no tendrían ninguna implicación emocional seria, también acordamos que la relación se terminaría cuando dejara de funcionar para alguno de los dos y cada uno seguiría por su lado. Sin daños. Sin culpas. Lo dejo –su voz era incluso calmada, libre de su habitual pasión y sentimiento.

–¿Cómo puedes pasar de querer más a no querer nada? –preguntó aturdido.

–No vas a darme más y lo que tenemos no me satisface.

–Me deseabas tanto como yo a ti.

–Las cosas han cambiado.

Tino juró entre dientes en su legua vernácula.

–Lo prometiste.

–¿Qué prometí?

–Que si te dejaba, no harías ninguna escena.

Maldición, era así, pero nunca había esperado que ella quisiera dejarlo.

–¿Qué pasa con mi madre?

–¿Qué va a pasar? Es mi amiga.

–¿Y mi hijo?

–Es mi alumno.

–¿No vas a dejar de tratar a ninguno de los dos?

–No.

–Sólo a mí.

–Si es necesario.

–¿Para quién?

–Para mí.

–¿Por qué?

–¿Qué diferencia supone eso? No vas a darme más y yo ya no puedo aceptar menos. Los porqués no importan.

–No me lo creo.

–No es mi problema.

–No conocía esa faceta tuya de dura.

–Yo no sabía que pudieras ser tan pegajoso.

–No soy pegajoso –dijo de un modo mecánico.

–Me alegro de oír eso. Adiós, Tino. Seguro que volvemos a vernos.

–Espera, Faith...

Pero ella se había marchado y el *maître* se estaba disculpando y ofreciéndole buscarles otra mesa. Valentino no respondió nada al hombre. Tampoco tenía respuestas para sí mismo.

En un estado de conmoción cercano a la catatonia, Faith se quedó de pie al lado de su coche fuera del restaurante. La frialdad que había mostrado con Tino había empapado su cuerpo.

Había roto con él. De verdad. No era una broma. La relación que mantenían se había acabado.

No había ido a cenar con intención de romper con él, ¿verdad?

Sabía que las hormonas por el embarazo hacían que sus emociones fueran un sube y baja. Se echó a reír en silencio. ¿Un sube y baja? Era más bien una montaña rusa emocional.

Las dos semanas que él la había estado evitando no habían sido fáciles, pero había sido peor cuando Tino había negado su amistad delante de su madre. Se había dado cuenta de que lo que ella creía que era afecto sólo era el resultado de la lujuria. Él quería sexo y ella se lo daba. Sólo que no podía hacerlo más. No arriesgaría al niño. El médico había dicho que una actividad sexual normal no pondría en peligro su embarazo, pero no conocía sus antecedentes, lo fácilmente que perdía a las personas que amaba. Tenía que alejar de ella a Tino algunas semanas, pero algo dentro de ella le había dicho que tenía que romper por completo con él.

Esa idea había cristalizado cuando él había dicho que no se casaría con ella bajo ningún concepto. Una vez supiera del niño, esa actitud cambiaría, pero la razón subyacente no. Lo sabía. Lo mismo que sabía que un matrimonio forzado por la situación era lo último que quería.

Una cosa era casarse con alguien a quien se amaba aunque él sólo sintiera atracción física y otra muy distinta era hacerlo con alguien que no quería casarse con ella.

No sabía qué iba a hacer. ¿Se llevaría al niño lejos de Sicilia sabiendo que tendría una vida mejor en el país de su padre? Por suerte esa decisión no tenía que tomarla de inmediato.

Se obligó a moverse y se metió en el coche y arrancó el motor.

Condujo hasta su casa llena de preguntas. Preguntas que no tenían respuestas. Lo único que sabía era que no revelaría su embarazo hasta que no hubiese pasado el primer trimestre.

En ese momento, tendría respuestas.

Aunque normalmente veía a la señora al menos una vez a la semana, Faith se las arregló para evitar que Agata viera su santuario de la maternidad. Le había prometido que sería la primera en ver las obras que sabía estaba reuniendo para una galería de Nueva York. Había mandado fotografías de las esculturas sobre la maternidad a la dueña de la galería y ésta había llamado encantada con las piezas.

Lo mismo que sus emociones, el trabajo de Faith pasaba de la esperanza al despecho recorriendo todos los sentimientos intermedios. Era la colección más potente que había hecho desde el accidente que había acabado con su familia. Por mucho dolor que le causaran algunas de las obras, se sentía muy orgullosa de ellas.

Una profesora de arte le había dicho una vez que el

dolor era una poderosa fuente de inspiración, lo mismo que la felicidad, y ella estaba viviendo profundamente la agonía y el éxtasis en su corazón. Y no tenía ninguna duda de que sus trabajos sacaba lo mejor de cada uno.

Tino trató de llamar a Faith varias veces, pero sus llamadas las atendía directamente el contestador. Dejó mensajes que fueron ignorados. Mandó mensajes de texto que no recibieron respuesta. No podía creer que su aventura con Faith hubiera terminado. Ella no actuaba como siempre y tenía que averiguar por qué. Y resolverlo.

Casi todas las mañanas tenía nauseas que se pasaban al mediodía. Para trabajar en sus obras no le afectaba mucho, pero sí los días que daba clase. Había pensado en suspender las clases el primer trimestre, o dejarla definitivamente. Tenía dudas de que aceptaran a una soltera embarazada como profesora, era un pueblo muy tradicional. Sin embargo, sólo podía ver a Gio cuando le daba clase y no quería renunciar a esas visitas por breves que fueran.
Quería al niño. Mucho. No se había dado cuenta de cómo había empezado a verlo como algo más que un alumno, alguien como de la familia... aunque hubiera roto con su padre.
Gio era tan dulce como siempre, demostrando que no tenía ni idea de que ella ya no era una persona grata en la vida de su padre. Se quedaba a hablar con ella después de las clases y le gustaba mucho. Ese día, sin embargo, estaba inquieto.
–¿Te pasa algo, corazón?

—Me gusta cuando me llamas así —dijo con una sonrisa—. Es como lo haría una madre, ¿no?
—Me alegro —le apartó el pelo de la cara—. Y ahora dime qué pasa.
—La *nonna* dice que podría invitarte a cenar.
—Eso es muy amable por su parte.
—Pero papá dice que seguramente no vendrás.
—¿Eso dice?
—¿Por qué no vienes otra vez? Pensaba que papá y tú erais amigos.
—No he dicho que no vaya a ir.
—Entonces ¿vendrás? —preguntó el niño con gesto radiante.
—¿Cuándo dice tu *nonna* que vaya?
—Dice que este viernes estaría bien.
—Justo este viernes estoy libre.

Gio sonrió encantado y le dio un espontáneo abrazo que le llegó al corazón.

Quizá era una locura acceder, pero no podía soportar decepcionar al niño. Además había dicho a Tino que no tenía intención de renunciar a su amistad con su madre y su hijo. Y lo pensaba cumplir.

Estar embarazada del hermano de Gio y del nieto de Agata hacía esa amistad más importante. Tino no se iba a marchar y necesitaría toda su habilidad para estar cerca de él y no parecer afectada. La invitación era una oportunidad para demostrarlo.

Su hijo nonato merecía conocer a su familia y ella no interpondría sus sentimientos. Además una parte de ella quería demostrar a Tino que se equivocaba y que podía estar cerca de él perfectamente. Sólo una pequeña parte, en realidad.

Capítulo 7

MENOS segura de lo que se había sentido en el aula, Faith llamó al timbre. La puerta se abrió de inmediato. Era Giosue.

–Buenas noches, Gio.
–*Buonasera, signora.*
Faith le dio un regalito.
–¿Qué es? –preguntó el niño.
–Es una tradición llevar un regalo al anfitrión de una cena. Lo olvidé la otra vez que me invitaste, así que te he traído uno esta noche y otro para tu abuela.
–¿Porque esta vez te ha invitado ella?
–Exacto.
–Guau. ¿Puedo abrirlo?
Ella asintió.
Abrió el paquete con entusiasmo y se quedó sin respiración cuando vio lo que contenía. Eran unos guantes de jardinería de cuero de la talla de la mano de un niño.
–No sé si ya tendrás unos...
–Sí, pero son de tela y no tan bonitos. Vamos, se los voy a enseñar al *nonno*.

Faith sonrió feliz de que le hubiera gustado el regalo y siguió al niño hasta donde se encontraba Agata. Al llegar vio a Agata y Rocco, pero no a Tino.

Aliviada por lo que estaba segura de que sólo sería una desaparición momentánea, vio al niño correr a enseñar los guantes a su abuelo. Agata sonrió y la abrazó.

—Me alegro de verte.

—Vamos, mamá, parece que hace meses que no la ves —había un tono en la voz de Tino que no pasó desapercibido a Faith.

Se preguntó si Agata lo habría notado, pero pareció que no.

—Faith es una querida amiga y me gustaría verla todos los días si pudiera. También es buena para Gio.

—Ahórrate tus celestineos para alguien con quien funcionen, mamá. No creo que yo le interese a Faith.

Oh, estaba en forma esa noche. No se metió en la discusión.

—Tonterías. Eres mi hijo, ¿qué no le va a gustar? —exigió Agata.

Faith podía hacer una lista, pero se lo ahorró por respeto a Agata. Podría manejar la situación. Lo haría. Deseó estrangular a Tino por el comentario que había hecho, pero se le pasó al ver el aspecto macilento que tenía. Seguía tan guapo como siempre, pero había algunas arrugas alrededor de sus ojos que antes no estaban ahí. Tenía aspecto de exhausto.

—Pareces cansado —dijo sin rodeos.

—Sí, ha trabajado mucho. Parece un poseso, en cuanto Gio se va a la cama se vuelve a la oficina y trabaja hasta la madrugada.

—Ya te he dicho que tengo mucho que hacer y cosas que requieren una atención extra.

—Eso se lo dices a tu padre y puede que te crea —dijo Agata con el ceño fruncido—, pero yo soy tu madre y te estás comportando como lo hiciste tras la muerte de Maura. No lo entiendo.

—No hay nada que entender. No estoy de duelo, estoy trabajando —dijo con tan poca convicción que Faith no lo creyó.

Agata tampoco parecía muy convencida, pero como madre tendía a ver el lado mejor de su hijo, aunque ese lado no existiese.

−¿Va bien la nueva asociación?

−Sí −la voz de Tino sonó cortante y la mirada que dedicó a su madre estaba llena de frustración−. A pesar de lo que mi familia piensa de mí, soy muy bueno en mi trabajo.

Rocco se había unido al grupo y sacudía la cabeza.

−Por supuesto que sabemos que tienes mucho éxito. ¿Cómo no? Eres mi hijo, ¿no? Y yo soy el mayor viticultor de Sicilia. ¿Por qué no ibas a ser un hombre de negocios de igual talento? Eres un Grisafi.

Faith estuvo tentada de echarse a reír, pero sabía que Rocco no se lo tomaría bien. Lo decía en serio y no tuvo problemas en ver de dónde provenía la arrogancia de Tino.

−Lo es −dijo Agata con aspereza−. Lo que significa que en esta casa es mi hijo, no un gran hombre de negocios. Y tú eres mi marido, no el fabricante de los mejores vinos del país.

−Sí, claro −dijo Rocco.

−¡Hombres! −dijo Agata.

Era una expresión que utilizaba con frecuencia cuando la exasperaban. Faith agradeció que, a pesar del estrés de estar cerca de Tino, encontrara todo sorprendentemente cómodo y divertido.

Y eso que Tino no estaba ayudando. Tenía que saber que a ella la situación no le resultaba fácil, pero conversó con él y consiguió evitar sentarse a su lado en la cena. En eso Gio fue su cómplice involuntario.

Sin embargo, una vez terminada la cena, resultaba evidente que Gio y Agata estaban intentando que Tino y ella pasaran la mayor cantidad posible de tiempo juntos.

—No has respondido a la pregunta de mi madre —dijo Tino durante uno de esos momentos.

—No sé de qué me hablas.

—Te ha preguntado qué había en mí que no te gustaba.

—No vale, ella es tu madre.

—Sí, pero ésa no es la cuestión.

—Y ¿cuál es la cuestión?

—Que tú no has respondido a la pregunta.

—A ella no ha parecido molestarle —no había vuelto a preguntar.

—Quizá no, pero a mí sí.

—Eso da lo mismo. No he venido a visitarte a ti, Tino.

—Mi familia quedará decepcionada. Son unos casamenteros.

—En vano.

—Sí, pero ¿no me dirás por qué?

Estaba loco, era él quien no quería casarse. ¿No se suponía que debería ser el molesto por el celestineo de su familia?

—Eres un arrogante.

—Soy un Grisafi.

—Así que eso viene con la tierra.

—Definitivamente —ella puso los ojos en blanco—. ¿Qué más?

—Nunca he dicho que no me gustaras, Tino —y sinceramente no podía decirlo.

—Dijiste que no querías volverme a ver.

—Dije que nuestra aventura había terminado.

—Y aun así estás aquí.

—Visitando a tu familia, Tino, ¡no a ti!

—Podías haber venido otra noche.

—¿Por qué habría de hacer algo así?

—Ah, me estás demostrando que me he equivocado.

¿Te aseguras de que me entero de que no te importo tanto como para evitar una cena en mi casa?

—Te dije que no renunciaría a mi amistad con tu madre y tu hijo.

—Querías verme o no habrías venido esta noche —le acarició una mejilla—. Admítelo.

Ella dio un salto atrás.

—Si no hubiera venido, tus padres habrían sospechado que algo pasaba entre nosotros. Había pensado que tú te lo imaginarías y tratarías de evitarlo, tú podías haberte inventado una excusa para no estar sin levantar sospechas.

—No tenía ningún deseo de hacerlo —se encogió de hombros.

—No veo por qué.

—Has dejado todas mis llamadas sin contestar la semana pasada.

—Eso debería haberte hecho entender el mensaje.

—Lo he hecho. Algo va mal y quiero saber qué es.

—Ya te lo he dicho.

—Que quieres más, ¿eso es todo?

—Sí.

—No puedo casarme contigo, Faith.

—Te sorprendería saber lo que serías capaz de dar en las circunstancias adecuadas, Tino —no sabía por qué había dicho eso.

—¿Qué circunstancias son ésas?

—Déjalo —sacudió la cabeza.

—No puedo.

—Tienes que poder.

—Sé que perdiste a tu marido y a tu hijo y lo siento. Si pudiera quitarte ese antiguo dolor, lo haría, pero no puedo llenar esa grieta que hay en tu vida. No tengo ese poder.

¿De verdad se creía eso? Y ella que había pensado que era inteligente.

—Tú tienes tus propias tragedias a las que enfrentarte.

Él no tuvo ocasión de responder porque aparecieron Rocco y Gio. Faith recibió una fascinante explicación sobre lo que sucedía con las uvas una vez vendimiadas. Le costó concentrarse, sin embargo, por la presencia de Tino.

—¿Cómo te has enterado de lo de Taylish y Kaden? —preguntó cuando volvieron a quedarse solos porque nieto y abuelo se adelantaron de camino a las viñas.

—Por mi madre.

Sorprendida se detuvo en seco. No podía imaginarse a Agata contando sus confidencias por propia iniciativa. Ni siquiera dentro de su plan de emparejamiento.

—¿Se lo has preguntado?

—Sí —Tino permaneció de pie a pocos centímetros de ella.

—¿No era peligroso?

—¿En qué sentido?

—No te hagas el tonto. Demuestra algo más que un ligero interés en mí.

—Peor que eso —dijo con sinceridad—. Le permitió inducir que habíamos hablado de la estatua en mi dormitorio.

¿Tenía idea de lo que estaba revelando de sus pensamientos más íntimos? Tino, el señor Certeza, el hombre que jamás cambiaba de opinión y siempre sabía qué era lo mejor estaba actuando como si no se conociera a sí mismo. Actuando en sentido contrario a sus propósitos. Quizá tenía una visión distinta de la de ella del efecto a largo plazo de sus palabras.

–Estás de broma –dijo ella.

–Algunas veces mi curiosidad saca lo mejor de mí –dijo sin darle importancia.

–Supongo –dijo ella con énfasis–. No veo a tu madre haciendo una lista de invitados a la boda como temías.

–Está haciendo de casamentera, pero está siendo sorprendentemente discreta.

–¿Y eso te molesta?

–¿Qué celestinee?

–Sí –¿qué demonios creía que pensaba?

–Mientras lo haga sutilmente y no lo convierta en un drama familiar, no.

–En otras palabras, mientras puedas evitar las consecuencias.

–Puedes decirlo así.

–Eso acabo de hacer.

–Sí.

–No juegues conmigo, Tino.

–No estoy jugando. Quiero que vuelvas.

–Como tu amante.

–Y mi amiga.

–No es eso lo que le has dicho a tu madre.

–Ya he explicado eso.

–Y a mí me ha resultado floja tu explicación.

–Faith...

Por suerte para ella, que no quería enfrascarse en esa conversación en ese momento, apareció Giosue.

–Vais demasiado despacio. La *nonna* dice que podemos bañarnos si quiere, *signora*.

Faith se acercó al niño.

–En realidad, creo que es hora de volver a casa.

En el rostro de Gio apareció esa mirada de decepción que odiaba ver, pero el niño no trató de engatusarla. Se limitó a asentir y mirar al suelo.

Y eso fue más efectivo que cualquier clase de ruego. Lo agarró de las manos y dijo:

—Vale, quizá un baño rápido.

—¿De verdad, *signora*? –la miró con los ojos brillantes.

—Sí.

—Podemos jugar a la pelota en el agua. *Zio* Calogero me ha regalado una red nueva.

Faith ya había visto la red al lado de la piscina.

—Suena bien.

—Sí –Tino agarró la otra mano del niño–. ¿Tu padre también puede jugar?

—Claro, papá –la voz de Gio rezumaba felicidad.

¿Y por qué no? Era lo que su alumno favorito quería: los tres juntos. Ella lo había deseado, pero no pudo reprimir un suspiro.

La tensión la invadió al pensar en la siguiente media hora. No había contado con que Tino también se metiera en la piscina, pero tendría que afrontarlo. No iba a incumplir la promesa que había hecho a Gio.

Quince minutos después estaba lo bastante desesperada para hacerlo. Tino le había estado tomando el pelo, tocando durante los lances del juego. Una caricia en el brazo, una mano en la cadera. Un brazo alrededor de la cintura para evitar que se hundiera. Pero la gota que colmó el vaso fue cuando le rozó la oreja con los labios y le dijo que la deseaba.

Se apartó de él y salió de la piscina en un segundo.

—*Signora*, ¿adónde va?

—Tengo que marcharme –trató de no mostrar rabia y frustración, Gio no tenía la culpa.

—Pero ¿por qué? Lo estamos pasando muy bien –dijo Gio confuso.

—Sí, pensaba que lo estábamos pasando muy bien –dijo Tino en un ronroneo.

—¿De verdad? —preguntó ella esa vez sin disimular su desagrado—. Entonces dejaré que seas tú quien le explique a tu hijo por qué tengo que irme.

Fue el momento de Tino de parecer confuso, la viva imagen de su hijo, pero con más años. Pensó en si el hijo de su vientre también se parecería a su padre.

Sin decir ni una palabra más, giró sobre los talones y se metió en el vestuario a cambiarse de ropa. La ducha tendría que esperar hasta que llegase a casa.

Se marchó un momento después tras abrazar a Agata y a un ya seco Gio. Rocco había ido a revisar algo a las bodegas. Su despedida de Tino fue fría y sólo verbal.

Valentino, de pie frente a la puerta del apartamento de Faith en Pizzolato, dudaba si llamar o no. La noche previa había sido un ejercicio de frustración para él. Cada vez que se había acercado un paso a Faith, ella se había alejado dos. Y no entendía por qué.

Había utilizado el tiempo que habían pasado en la piscina para recordarle lo que ambos se perdían. Estaba seguro de que había funcionado. La respiración de Faith había sido entrecortada y sus pezones se habían levantado bajo el bañador. Él había tenido una erección lo bastante sólida como para taladrar cemento. Pero ella había abandonado la piscina y se había marchado. Lo había dejado allí y había sido él quien había tenido que explicar su marcha a Giosue.

¿Qué demonios le pasaba? No era normal en ella comportarse así.

Habían pasado semanas desde que habían hecho el amor en su dormitorio, pero no era sólo su cuerpo lo que anhelaba. La echaba de menos.

Miró la puerta. ¿Qué era? ¿Un blando? No lo creía así. Valentino Grisafi no.

Llamó a la puerta con energía. Su madre le había dicho que, cuando Faith estaba concentrada en su trabajo, a veces no oía la puerta. Que trabajaba cuando tenía el humor para hacerlo sin importarle la hora. Le había contado muchas más cosas sobre ella. Además sabía todo lo que anteriormente había comentado sobre TK. Con todo eso se había formado una nueva imagen de su amante, una imagen que le había demostrado lo poco que la conocía. Eso no debería haber importado, pero en el caso de Faith era así. Su relación cumpliría un año en dos semanas y no quería pasar ese primer aniversario sufriendo por la pérdida.

Respiró hondo y volvió a llamar.

—Ya voy —se oyó dentro. A los pocos segundos se abrió la puerta—. Agata, no esperaba...

—Mi madre está en una reunión para recaudar fondos en el colegio de Giosue, creo.

Faith lo miró con algo parecido a la resignación y suspiró.

—Sí, eso era lo que pensaba.

—¿No vas a invitarme a pasar?

—¿Te marcharás si no lo hago?

—No.

—¿Por qué quieres entrar? Jamás has puesto un pie en este edificio, mucho menos en mi apartamento. Pensaba que ni siquiera sabrías dónde vivo.

No lo sabía, se lo había tenido que preguntar a su madre.

—Quiero conocer tu trabajo.

Ella sonrió, pero dio un paso atrás. La siguió al interior del apartamento. No era enorme, pero tampoco era pequeño. Había convertido el salón de grandes ventanales con balcón en su estudio.

Aunque era claramente un espacio de trabajo, en una esquina había reservado un espacio agradable para la conversación con un sofá y dos sillas alrededor de una mesa decorada con azulejos sicilianos tradicionales.

Él se sentó en una de las sillas después de decidir qué quería beber.

—¿Sólo te visita mi madre aquí?

—No, un par de profesores del colegio han venido alguna vez, pero como la jornada escolar aún no ha terminado...

—¿Y otros artistas? —estaba tratando de hacerse una idea de cómo era su vida.

—Soy una persona reservada —se encogió de hombros.

—Conmigo siempre has sido amigable y abierta.

—Sí —se quitó un poco de arcilla de una mano—, bueno, quizá debería decir que TK es una persona reservada. Tengo algunos amigos entre la comunidad artística, pero ninguno vive lo bastante cerca como para presentarse así.

—Eres una persona solitaria, ¿verdad?

Ella negó con la cabeza, pero preguntó:

—¿Por qué has venido, Tino?

—Te echo de menos —era la pura verdad.

—No veo por qué —se puso rígida—. Te queda la mano.

La conmoción que sintió lo dejó sin respiración un segundo.

—Eso es un poco crudo e implica que nuestra relación es sexo puramente mecánico.

—Ya no tenemos ninguna relación.

No aceptaba eso, pero decirlo quebrantaría su acuerdo inicial. Decidió cambiar de tema.

–¿Son ésas las piezas que mi madre se muere por ver? –preguntó señalando unas estatuas cubiertas con paños.

–Sí, le he dicho que podrá verlas cuando estén terminadas.

–Le gusta ver cómo avanza tu trabajo –él quería verlo.

–Esta vez no.

–¿Por qué no?

–No quiero que las vea antes de que estén sacadas del molde y barnizadas.

–¿Estás usando la arcilla para los moldes?

–En algunas. Habrá una serie numerada antes de que rompa el molde, pero algunas serán cocidas como piezas únicas.

–Sé muy poco del proceso –incluso menos de lo que sabía de ella.

–Cierto –no parecía inclinada a colaborar.

–A lo mejor quieres que eso cambie.

–No creo.

Su negativa lo dejó asombrado. Seguía esperando que volviera comportarse como lo había hecho siempre.

–¿No te apetece hablar de tu trabajo?

–No me apetece hablar contigo.

–No seas así, *carina* –no quería pensar en cómo se sentía, pero no era muy bien–. Somos amigos.

–No es eso lo que le dijiste a tu madre.

–Me estaba protegiendo, lo admito, pero también trataba de protegerte a ti, Faith. ¿Qué debería haber dicho?

–La verdad.

–¿Que somos amantes? –eso era imposible.
Lo miró fijamente con rabia y disgusto en los ojos.
–Eso no habría sido cierto –dijo ella.
–Somos amantes, quizá ahora en pausa, pero seguimos juntos.
–Estás alucinando. No somos y no hemos sido nunca amantes.
–¿Quién está alucinando?
Faith se puso de pie con los puños apretados.
–Tienes que dar algo más que sexo para ser considerado el amante de alguien. Éramos compañeros de cama. Y ahora una relación terminada –zanjó Faith.
–Eso no es cierto. Entre nosotros hay algo más que sexo –ese más le había costado el sueño unas cuantas noches.
–¿De verdad?
–Sí, amistad.
–Otra vez, ¿tengo que volverte a recordar esa tarde en tu casa con tu familia?
–Cometí un error. Lo siento –dijo él con los dientes apretados.
–Ha sido duro para ti, ¿verdad?
Se limitó a mirarla.
–Reconocer que te has equivocado no es propio de ti.
–No sucede con mucha frecuencia.
–¿Que te equivoques o reconocerlo? –preguntó ella en tono divertido.
–Las dos cosas.
–En eso tienes razón.
Él se puso de pie también y se acercó a ella.
–Déjame volver contigo, Faith. Te necesito –esas palabras las pronunciaba aún con menos frecuencia que las disculpas.

–No puedo, Tino –las lágrimas inundaron sus ojos.
–¿Por qué no?
Faith sólo pudo sacudir la cabeza.
–Dime cuál es el problema. Deja que lo resuelva.
–No puedes hacer nada para arreglarlo.
–Puedo intentarlo.
–¿Puedes amarme? ¿Puedes hacerme tu esposa?
–No –dijo él tartamudeando.
–Entonces no puedes arreglarlo.

Capítulo 8

FAITH pasó los siguientes días en un estado en el que se mezclaba la duda con la esperanza mientras el embarazo seguía adelante. Echaba de menos a Tino. Lo deseaba emocional y físicamente. Anhelaba sus caricias, pero no en un sentido sexual, y él no quería darle otra cosa. Quería que la abrazara y confortara su cuerpo cuando los cambios del embarazo empezaran. Quería alguien con quien hablar por las noches cuando estuviera demasiado cansada para crear.

Hasta ese momento no se había dado cuenta de cuánto aliviaba su presencia la soledad de su vida. Sentía un patético estado de anticipación cada vez que hablaba con Agata esperando que le dijera algo de su hijo.

Las nauseas matutinas habían empeorado, pero estaba más decidida que nunca a no abandonar las clases. Había perdido a Tino. No soportaría perder a su hijo. No sabía cuándo el niño se había vuelto tan importante para ella, pero no podía negar que el amor que sentía por el niño que crecía dentro de ella crecía con la misma intensidad que el que experimentaba hacia el hijo de su ex amante.

Una noche, casi una semana después de la visita de Tino, recibió una llamada de Agata.

−*Ciao, bella.* ¿Cómo estás?
−Bien.
−Hoy no estabas en casa.

–No, he ido de compras a Marsala –necesitaba salir, ver gente.

–Pasé con la esperanza de comer contigo.

–Oh –dijo con sincero arrepentimiento–, lo siento se me ha olvidado.

–Sí, bueno, sólo te había rogado que me mostrases tu trabajo.

Faith rió.

–Pronto –sabía cómo iba a anunciar su embarazo a su amiga, pero quería que pasase el primer trimestre.

Cómo iba a decirle que el bebé era de su hijo no lo tenía tan claro.

–Me encantaría –había una nota emocional en la voz de Agata que sorprendió a Faith.

Nunca había conocido a otro ser humano tan conectado con su arte como la señora. Ni siquiera Taylish había comprendido la emoción que había detrás de sus piezas tan bien como Agata.

–¿Qué te parece si comemos juntas mañana?

–Estupendo.

Colgó y Faith se volvió a mirar el vacío apartamento preguntándose si las nauseas nocturnas le dejarían cenar.

La madre de Valentino se sentó al lado de donde éste observaba a su hijo en la piscina.

La preocupación en su rostro alertó a Valentino. Sabía que pensaba llamar a Faith.

–Mamá, ¿qué pasa?

Su madre se retorció las manos con un gesto nervioso, pero no dijo nada.

–Mamá.

–¿Has dicho algo, hijo? –levantó la vista para mirarlo.

–Te he preguntado qué pasaba.
–Nada malo. Bueno, puede tener muchas ramificaciones, pero estoy en un dilema y no sé qué hacer.
–¿Sobre qué? –preguntó con alguna impaciencia.
–He hecho algo que no debía –dijo su madre con un suspiro.
–¿Qué?
–Creo que no debo decirlo.
Valentino esperó con paciencia. Conocía a su madre. No habría dicho nada si no pensara confesarse con alguien. Parecía que ese alguien era él y si, tenía algo que ver con Faith, se alegraba. Esperó a que su madre empezara. La señora volvió a suspirar.
–Tengo una llave del apartamento de Faith.
–Ah –dijo de un modo que no sonó tan despreocupado como quería.
Su madre tenía una llave del apartamento de su amante y él no. Tampoco Faith tenía una llave del apartamento suyo de Marsala. ¿Por qué no? ¿Por qué había pasado su madre más tiempo en el estudio de Faith que él?
Eran amigos, el tiempo que pasaban juntos no se limitaba al sexo. Entonces, ¿por qué él nunca había visto el progreso de sus obras? ¿Por qué no sabía que era la exitosa TK?
–He pasado hoy por allí.
–Ya.
–He entrado, ¿sabes?, pensando que ella volvería pronto –se estremeció–. He hecho algo terrible.
–No pareces una criminal. Dudo que hayas hecho algo terrible.
–Pues lo ha sido, hijo. Deseaba tanto ver las obras nuevas...
–Que les has echado un vistazo.

–Sí. Y aunque eso ya es bastante malo... mirar las obras ha revelado un secreto que ella evidentemente no está preparada para compartir.

–¿Un secreto? ¿Qué secreto? ¿Ha estado haciendo azulejos de los cincuenta estados porque echa de menos su tierra? ¿Qué?

–Sí. Un secreto. He traicionado a mi amiga.

–Mamá, sea lo que sea, estoy seguro de que estará bien. Faith te quiere. Te perdonará.

–Pero una mujer tiene derecho a elegir los plazos sobre cuándo compartir una información así. Como dice tu hermano, le he robado el trueno. No voy a poder disimular cuando me lo cuente, sería una mentira. No puedo mentir a una amiga –sonrió–. Le dije que quería ver su trabajo y lo he hecho. He dejado de mirar después de la primera obra porque he sabido lo que significaba.

Valentino apretó los dientes y trató de no parecer impaciente.

–¿Qué significaba qué?

–La estatua. Es evidente. No puede pasar desapercibido –dijo como tratando de convencerlo.

–Seguro que tienes razón. ¿Sobre qué era la estatua? –no pudo evitar preguntar.

–Es eso lo que me preocupa. Si significa lo que pienso, y estoy segura de que es así... y no hay un padre... A mi amiga se le van a poner las cosas difíciles.

–¿Qué tiene que ver un cura con todo esto?

–¿Un cura? ¿Quién ha dicho nada de un cura? Faith es luterana. Ellos tienen pastores, creo.

–Mamá, no entiendo nada, tú has dicho «padre».

–Sí, el padre del niño.

–¿Niño? Faith no tiene niños. El que iba a tener murió en un accidente.

—El bebé que lleva dentro ahora, Valentino.
Valentino sintió como si se quedara sin oxígeno.
—¿Estás diciendo que crees que está embarazada?
—Por supuesto que es lo que estoy diciendo. ¿No me escuchabas? No debería haber fisgado. Ahora cuando me lo cuente tendré que admitir que ya lo había adivinado. Se sentirá decepcionada.

Su madre siguió hablando, pero Valentino no oyó lo que decía. Se puso de pie de un salto y paseó por los ladrillos del patio, pero sus movimientos eran descoordinados.

¿Faith estaba embarazada? ¿Su Faith? La mujer que había dicho que no quería verlo más.

Sacudió la cabeza, pero la conmoción no desapareció.

¿Iba a volver a ser padre? ¿En ese momento? Cuando había pensado que no se volvería a casar, cuando había creído que Giosue sería su único hijo. Aceptó la noticia con un atávico instinto de rectitud. No tenía ninguna duda de que el niño era suyo.

Abrió la puerta del Jaguar, se metió dentro y cerró de un portazo. Arrancó y salió del aparcamiento.

¿Cómo se había quedado embarazada? Usaban protección. Religiosamente. Aun así había habido un puñado de ocasiones que la protección no se había usado al cien por cien. Después de cada fallo le había asaltado la culpa y se había propuesto siempre tener un cuidado extra.

Se dio cuenta de que una de esas veces no había sido hacía demasiado tiempo.

Habían ido a cenar a una *trattoria* que les gustaba. En lugar de sentarse fuera desde donde podían mirar a la gente de la calle, como ella quería, él había pedido una mesa más privada. Les habían puesto en un rincón del fondo apenas iluminado por una sola vela en el centro de la mesa.

–Sé que nuestra relación no es de conocimiento público, pero ¿tenemos que escondernos?

Él se había inclinado y le había dicho al oído:

–Pensaba que podíamos entretenernos solos en lugar de mirando a los demás.

La realidad era que a Faith le gustaba ver a la gente, algunas veces demasiado. Prestaba más atención a quienes los rodeaban que a él, y no le gustaba. Esa noche estaba decidido a ser el centro de su atención. Si para eso tenía que seducirla en un sitio público, lo haría.

Y eso fue exactamente lo que hizo, empezando con un beso debajo de la oreja. Ella gimió y estaba temblando cuando se sentó.

–Considerando lo que pareces haber planeado para entretenernos, creo que ya entiendo por qué has pedido una mesa escondida –se había alisado la blusa acentuando los duros pezones que ocultaba la fina tela.

–¿Crees que podrás sobrevivir a una noche sin mirar a la gente que pasa? –había preguntado él con voz ronca.

–Tengo la sensación de que puedes hacer que valga la pena.

–Debes de ser adivina –había bromeado–. Es lo que planeo.

–Llámalo una intuición entrenada. Recibo tus tiernas atenciones con la frecuencia suficiente para saber sus efectos.

–Bien –había tenido la intención de dedicarle muchas de esas atenciones esa noche.

Bromearon durante la cena hasta llevar el deseo a un pico febril. Se había sentido tentado de buscar una esquina aún más oscura y culminar allí lo que era evidente que iba a pasar. Se refrenó decidido a hacer la noche memorable.

Los azules ojos de ella estaban llenos de pasión y sus labios inflamados como si se hubiesen besado, la respiración rasgada. Los pezones estaban tan duros que levantaban la tela que los cubría y se había retorcido en el sitio más de una vez.

–¿Algún problema, *carina americana mia*? –había dicho en un sensual tono de broma.

–Creo que más de uno –había respondido ella con pasión en la mirada.

–Creo que es hora de marcharnos a mi apartamento.
–Sí.

En el apartamento no tardaron en quitarse la ropa, pero una vez desnudos en la cama, él se había obligado a bajar el ritmo. No había sido fácil, no deseaba otra cosa que enterrarse en su sedosa humedad, pero hacía falta algo más para provocar un orgasmo.

Tenía que poner a su pareja fuera de control. Tuvo que sujetarle las dos muñecas con una mano y colocárselas por encima de la cabeza para que se estuviera quieta.

Ella jadeaba claramente ansiosa y llena de deseo.

–Eres un pervertido, Tino.

–Necesariamente, tesoro.

–¿Por qué?

–Quiero hacerte perder el control de placer.

–Ya lo estoy.

–No –la había besado acariciándole los labios con la lengua–. Aún puedes hablar.

Después la había seguido besando por la garganta, entreteniéndose en el hueco que formaban las clavículas. Ella se estremecía y gritaba como hacía siempre. Había seguido hacia los pechos y sujetado uno con su mano libre para acercarlo a su lengua. Finalmente, después de algunos balbuceos por parte de ella, se había detenido en los pezones. No había jugado, se había concentrado en dar placer. Ella había gritado. Se había arqueado. Hasta que llegó el éxtasis y su cuerpo primero se puso rígido y después tembloroso.

Le había soltado las manos y se había colocado encima de ella utilizando el glande para acariciarle el clítoris. Ella había gritado incoherente y él había presionado más hasta deslizarse dentro. Se había movido dentro de ella hasta que había estado a punto de llegar él al clímax.

Había sido en ese momento cuando se había acordado de que no llevaba preservativo.

Con más autocontrol del que pensaba que tenía, se había salido y buscó en el cajón de la mesilla donde los guardaba antes de volver dentro de ella.

Cuando él llegó al orgasmo, ella había gritado su nombre convulsionando con un segundo y más intenso clímax.

Recordarlo le hacía tener una erección.

Esa noche había pasado en algún momento dos o tres meses antes. Si miraba su PDA podría saber la fecha exacta. Jamás había contemplado la posibilidad de que Faith se quedara embarazada. ¿Por qué no? Una mujer no rompía con el hombre que la había dejado embarazada.

Blasfemó y abrió la puerta del coche. Aun así era completamente posible, en lugar de decírselo, le había dado la patada.

¿Por qué? ¿En qué estaba pensando? ¿Se creía que permitiría que se llevara a su hijo a Estados Unidos y lo criara allí sin que conociera a su familia siciliana?

¿Pensaba que no lo descubriría? ¿Que desaparecería de su vida tan fácilmente como ella se había deshecho de él?

No lo conocía muy bien si era así. Parecía que los dos tenían mucho que aprender del otro.

Sin embargo algo no tenía sentido. Si había querido casarse con él como había sugerido, ¿por qué había mantenido aquello en secreto? Seguro que sabía que él jamás negaría su apellido a su hijo, ni el derecho a su herencia. ¿Qué le pasaba?

Entonces recordó lo irracional que se había vuelto Maura en algunas ocasiones durante su embarazo. Era evidente que Faith estaba sufriendo la misma fragilidad emocional. Tendría que ser él quien no perdiera la calma en esa situación y recordar que ella no pensaba con claridad.

Tenía que arreglar las cosas. ¿No había sido capaz de tomar un viñedo a punto de hundirse y convertirlo en una próspera empresa multinacional?

Había salvado la herencia de los Grisafi y, como su padre y su hermano estaban siempre en desacuerdo, había salvado la relación mandando a su hermano a dirigir la oficina de Nueva York. Los dos testarudos hablaban por teléfono una vez a la semana y rara vez discutían.

Lo único que no había podido resolver había sido la enfermedad de su esposa. No había sido capaz de salvar a Maura y había pagado el precio de su incapacidad, pero no iba a perder a ninguna otra mujer.

La llamada a la puerta sorprendió a una adormilada Faith. Se incorporó y miró a su alrededor.

Sonó de nuevo el ruido y se dio cuenta de que provenía de la puerta. Se levantó tambaleándose y se acercó para abrir justo cuando Tino levantaba la mano para llamar otra vez.

Tino bajó la mano y un gesto de alivio recorrió su rostro.

—Gracias *a la madre vergine*. He llamado más flojo, pero no me oías —sintió deseos de acariciarla, pero no lo hizo—. ¿Estabas trabajando? ¿Es seguro hacerlo ahora? ¿Produce la cerámica gases nocivos? Eso tenemos que mirarlo. No quiero pedirte que abandones tu pasión, pero puede que sea necesario unos meses.

—¿Tino? —¿estaba dormida o su ex amante había perdido la cabeza?

—¿Sí?

—Estás farfullando —nunca le había oído pronunciar tantas palabras sin respirar y ninguna con sentido—. Pareces tu madre, que no aguanta una avispa en un ojo. ¿Qué te pasa esta noche?

—¿Necesitas preguntármelo? —dijo en tono reprobatorio—. Perdóname, Faith —respiró hondo tres veces con los ojos cerrados y después los abrió y la miró con una expresión tan desconcertante como su balbuceo—. ¿Puedo entrar?

—¿Es una pregunta? —hizo un gesto con la cabeza—. ¿Qué está pasando, Tino?

No dijo nada, sencillamente se limitó a mirar la habitación que había tras ella.

—De acuerdo, pasa —dio un paso atrás.

No era la invitación más amable que había hecho en su vida, pero seguía desorientada después de quedarse dormida tras hablar por teléfono con Agata. Y Tino actuaba de un modo extraño.

—¿Quieres algo de beber?

—Me tomaría un whisky –dijo en un tono extraño–, pero yo me lo serviré, tú siéntate.

—Sólo has estado aquí una vez, Tino. No sabes dónde está nada.

—Bueno, pues dímelo –dijo con tono paciente.

Sabía que él quería que volviera, pero ¿tanto como para sublimar su apasionada naturaleza? Nunca lo habría imaginado.

—¿Por qué no nos servimos los dos las bebidas?

—No vas a beber whisky, ¿verdad?

—Nunca bebo licor, lo sabes –puso los ojos en blanco–. ¿Qué te pasa esta noche?

—Tenemos cosas de qué hablar.

—Ya hemos hablado todo lo que teníamos que hablar –al menos de momento, y además, estaba cansada.

Sólo le apetecía que la abrazara.

Tenía que hacer algo con esos deseos o acabaría pidiéndole que los hiciera realidad.

Él no respondió nada, se limitó a guiarla a los sofás del salón. Desconcertada lo siguió. Una vez que se sentó le colocó los pies en el sofá y le echó una manta por encima.

—Ahora voy a por las bebidas.

Parecía que se había propuesto seriamente recuperarla, pero ninguna muestra de cariño podría borrar su rechazo a no verla de otro modo que no fuera como amante ocasional. ¿Por qué no se daba cuenta de eso?

—Si insistes, yo quiero un té –algo que le asentase el estómago–. Hay té de jengibre en el armario de la encimera. Ahí está el whisky también.

Una botella sin abrir que había comprado con la esperanza de que algún día él rompería su patrón de relación y mostrase algún interés en su vida y fuese a verla.

Él se metió en la cocina, lo vio llenar la tetera, encenderla. Lo doméstico de la escena despertó en ella emociones encontradas.

—Nunca he tomado té de jengibre —dijo él sacando la caja del té y la botella.

Ella sí, cuando había estado embarazada la otra vez.

—No es algo muy corriente.

Él la miró de un modo enigmático, pero no dijo nada mientras se servía el whisky esperando que se calentara el agua.

No le preguntaría por qué estaba allí o de qué quería hablar porque la respuesta era obvia. Quería que volviera a su cama.

—¿Cómo está Gio?

—Lo has visto hace sólo tres días.

—Me gustaría darle clase más días a la semana —se encogió de hombros.

—Lo comprendo.

—¿Sí?

—Tienes un profundo afecto a mi hijo.

—Es fácil quererlo.

—Estoy de acuerdo.

—Hum...

—A él también le gustaría verte más.

—Lo sé —sólo que su padre no quería que se relacionaran más, lo había dejado claro.

—Creo que pronto podremos resolver ese problema.

¿Cómo? ¿Le iba a proponer que volviera a su cama a cambio de dejarle pasar más tiempo con su familia? Su imaginación le ofreció otra opción mucho menos plausible.

Quizá había decidido volverse a casar después de todo. Buscar una mujer siciliana paradigmática que acabara con las fantasías de su hijo de ser el hijo de su profesora preferida.

Pasó de la pena a la rabia en un instante.
–Yo no me precipitaría con nadie si fuese tú.
–Algunas cosas requieren una intervención rápida.
–El matrimonio no es una de ellas.
–¿Crees que pienso casarme? –dijo con un evidente gesto de sorpresa.
–¿No es así como piensas resolver el deseo de tu hijo de verme más?
–Así es, de hecho.

Faith sintió una fuerte conmoción. A pesar de todo lo que había pasado no pensaba que se atreviera a llegar tan lejos. Sintió en el estómago un movimiento muy reconocible y se puso de pie de un salto. Al llegar al inodoro empezaron las arcadas. Aunque como no había comido, no tenía nada que vomitar. Le dolió y la asustó.

Tino había entrado con ella en el diminuto cuarto de baño y oía agua correr, pero no podía ver qué hacía. Después sintió algo húmedo y frío en la nuca mientras otra mano le presionaba la frente. La acarició mientras le decía algo en italiano.

Las arcadas cesaron y sintió que recuperaba la fuerza. Él no decía nada, sólo le dejaba apoyar la cabeza en su mano. No sabía cuánto tiempo llevaban así cuando se levantó. Él la ayudó y le limpió el rostro con el paño húmedo.

–¿Mejor?
–No me gusta nada el mareo.
–Ya me lo imagino –le tendió un vaso de agua.

Se enjuagó la boca antes de beber. Dejó el vaso en el lavabo y se giró para marcharse, se tambaleó un poco. De pronto se encontró transportada por los brazos de él. Ni siquiera pensó en protestar. Necesitaba aquello.

La llevó a la minúscula habitación en la que apenas cabía la cama de matrimonio y la mesilla.

Él se sentó en la cama y le colocó las almohadas debajo de la espalda, después la ayudó a acomodarse. Era demasiado y sintió que las lágrimas le quemaban en los ojos.

—¿Cómo sabías dónde estaba mi habitación? —bromeó.

—¿Instinto?

Ella dejó escapar una risa forzada que sonó más hueca que divertida.

—¿Me estás diciendo que tienes un dispositivo que encuentra las camas?

—Quizá las tuyas —le apartó el cabello de la cara.

—Ésta es la única que tengo.

—Al menos durante el último año, casi, has estado compartiendo la cama de mi apartamento y la de mi casa.

—¿Estás tratando de decir que esas camas me pertenecen en alguna medida? —preguntó con sarcasmo.

—Sí.

—Eso... eso es ridículo.

—Acordaremos que estamos en desacuerdo —dijo él encogiéndose de hombros.

¿Después de todo lo que él había dicho? Ella no pensaba así.

—¿Sí? —preguntó en un tono que usaba tan poco que él seguramente no se lo habría oído.

La miró de un modo desconcertante otra vez como si no supiera que corría el peligro inminente de ser golpeado con una almohada en la cabeza.

—Es lo único racional que se puede hacer. Evidentemente no tienes por qué enfadarte.

—Yo... —quería decirle que se equivocaba, pero no podía.

Quería decir que no sabía qué le pasaba o que estaba con gripe o cualquier cosa... cualquier cosa menos la verdad. Pero no podía mentir.

–Descansa, voy a traerte el té.

–Vale, pero tus camas no me pertenecen en ningún sentido, Tino. Eso lo has dejado claro ya.

Ni el más mínimo destello de irritación pasó por sus ojos.

¿Qué demonios estaba pasando?

Capítulo 9

VALENTINO volvió a guardar el whisky. Era su marca favorita. Una botella sin estrenar. Había un mensaje ahí que no tenía tiempo de reflexionar. Faith lo necesitaba.

Era peor de lo que había esperado. Estaba sufriendo unos vómitos anormalmente malos. Después de todo no era por la mañana y seguía vomitando.

Maura había tenido suerte. Había tenido molestias muy ligeras. Faith parecía que no.

Eso le hizo sentirse culpable. Después de todo estaba embarazada de su hijo. No quería que su *carina americana* se encontrase mal. No lo permitiría. Sólo podía hacer una cosa.

Faith podía oír la voz de Tino, pero no se imaginaba con quién estaba hablando. No había oído sonar el teléfono.

¿Estaba hablando solo? Lo hacía algunas veces cuando trabajaba con su portátil estando juntos. Sólo que no había llevado el ordenador y no se lo podía imaginar trabajando en lugar de llevándole el té. No podía imaginárselo haciendo una llamada de negocios. Podía no amarla, pero tenía corazón.

De hecho había demostrando ser un cuidador mejor

que bueno cuando en invierno se había resfriado. Así que ¿dónde demonios estaba su té?

Estaba a punto de ir a buscarlo cuando él apareció en la habitación. ¿Por qué había decidido ir a verla después de que habían roto? Su breve visita iba a tenerla en vela en su solitaria cama.

Tino dejó una taza y un plato con unos trozos de pan y queso fresco en la mesilla. Después se sentó en la cama y le arregló las almohadas.

—No estoy inválida, ¿sabes? —se sorprendió por el tono agrio de su voz—. Perdona. Gracias por el té.

—No te preocupes. El malhumor es normal —dijo con toda la paciencia que utilizaría hablando con un hombre la mujer de su vida.

Sólo que ella no era la mujer de su vida.

Y ya había estado de mal humor cuando había estado enferma antes. Y él había sido paciente. Estaba segura de que habría sido un marido ejemplar durante el embarazo de Maura. Y aunque estaba siendo así de agradable sólo porque pensaba que estaba enferma, sacaría lo que pudiera.

—Gracias por ser comprensivo.

—Bebe —le tendió la taza.

—Mandón.

Él se encogió de hombros.

—Está dulce —dijo ella. Muy dulce.

—El médico ha dicho que el azúcar mejora las nauseas. También el pan y el queso suave.

—¿Qué médico?

—El que he llamado.

—Te estás pasando, Tino —pero era agradable, más dulce que el té.

—En absoluto. Cuando dudo, recurro a un experto.

—Eres muy gracioso algunas veces —no, no lo era.

Parecía sinceramente preocupado–. No es culpa tuya que esté mala.

–Pensaba que sí lo era.

–No. Yo... llevo así unos días –eso al menos era verdad, ya que no toda la verdad.

–Sólo unos días. ¿Estabas mejor antes?

–Claro.

La miró detenidamente como si estuviera tratando de decidir si la creía o no. Ella lo ignoró y tomó un poco de queso y pan. De inmediato el estómago empezó a sonar pidiendo más.

–¿No has comido?

–No tenía hambre.

–Tienes que cuidarte, no puedes saltarte comidas.

–Lo haré mejor en el futuro.

–Veré que lo hagas.

–Claro, como pasamos tanto tiempo juntos. Quiero decir antes de que rompiéramos.

–Yo no considero que hayamos roto.

–No seas arrogante.

–No puedo obligarte a estar conmigo, pero seguramente las circunstancias obligarán a una cierta indulgencia por tu parte.

El reconocimiento la conmocionó. Siempre había tenido la impresión de que Tino pensaba que podía conseguir que sucediera cualquier cosa si trabajaba lo bastante. Supuso que sus palabras indicaban un cierto nivel de respeto por ella. Pero no entendía en qué esperaba que ella fuera tolerante.

Si sabía que estaba embarazada, era otra cosa, pero era imposible que lo supiera. Sí, era imposible que lo supiera, pero estaba actuando de un modo muy extraño.

–Tino, estás realmente raro esta noche.

–¿Eso te parece? –preguntó él.

–Sí, pero, esto... está bien. No tienes que dar explicaciones.

–¿Crees que no?

–No. Todos tenemos nuestros momentos.

–Es gracioso, nadie me había acusado de tener el mío antes.

–¿En serio?

–Completamente.

–Tienes que salir más.

–Últimamente he tenido pocas excusas para salir.

–¿Aún no has empezado a comprar cosas para esa futura esposa? –las palabras salieron rodando de la lengua mezcladas con una buena dosis de amargura.

–No necesito comprarle nada.

–¿Ya la conoces? –¿quién sería? Trató de pensar en alguien de quien hubiera hablado Agata, pero nadie le vino a la cabeza.

–Íntimamente.

–Eres un canalla –su mano describió de forma involuntaria un arco que terminó en su mejilla. Conmocionada por su propia acción, gritó–: ¡Habíamos prometido exclusividad!

Le agarró la mano y la examinó.

–¿Te has hecho daño? No deberías hacer esos movimientos bruscos. Vas a volver a ponerte mala.

–¿Y de quién es culpa eso? –no quería parecer acusadora, pero el tono le salió extraño.

Era como se sentía. ¿Por qué no estaba furioso con ella?

Le había dado una bofetada. Sintió un nudo en la garganta y trató de deshacerlo lo menos evidentemente posible. Ella no era una persona violenta. Él lo sabía, pero había quebrantado su propio código personal sin pensarlo.

—¿Conoces a mi médico? –preguntó suspicaz.
—No que yo sepa.
—¿Tienes capacidades adivinatorias que yo desconozca?
—Claro que no.
De acuerdo, no tenía posibilidad ninguna de saber del niño.
—Así que simplemente admites que me has engañado –dijo con dolor.
—Yo no he hecho nada semejante. No soy un mentiroso. No engaño.
—Mentiste a tu madre sobre que no éramos amigos –se soltó la mano de un tirón.
—He empezado a pensar que no sabía lo bastante de ti como para poder llamarnos amigos. Rectificaré eso en el futuro, sin embargo. Ya he empezado a dar algunos pasos.
—¿Esperas que sea amiga tuya aunque te cases con otra? –aquello no tenía sentido, cómo podía ser tan cruel.
—Estás siendo irracional. Era de esperar, pero por favor, recuerda la clase de hombre que soy antes de empezar a hacer acusaciones ofensivas –ella lo miró completamente perdida–. En ningún momento he dicho que me fuera a casar con otra mujer.
—Sí, lo has dicho.
—No.
—Tengo nauseas, no se me ha ido la cabeza. Sé lo que he oído.
—He dicho que pensaba casarme.
—Exacto.
—No he dicho que pensase casarme con otra.
No podía ser cierto. Sacudió la cabeza.
—Tú no... tú... Yo no...

–Sí –fue su turno de poner los ojos en blanco–. Yo sí. Tú sí.

–¿Me estás pidiendo que me case contigo? –del modo menos romántico posible.

Tino rechistó ligeramente, pero ella lo vio.

–Más bien informándote de que estoy deseando aceptar tus términos.

Términos. Una sensación de hundimiento la dejó sin energía y se dejó caer en las almohadas.

–¿Me deseas tanto en tu cama que estás dispuesto a casarte conmigo?

Él no respondió.

–No. No me lo creo.

–¿Importa la razón que tenga?

–Sí.

–Te necesito. Me necesitas. Necesitamos casarnos –se encogió de hombros–. Mi familia ya te quiere.

–Necesitas mi cuerpo, no a mí.

–Deja de analizarlo todo.

–Entonces dime por qué. La verdad.

–No me has preguntado cómo está mi madre –dijo tras suspirar.

–He hablado por teléfono con ella esta noche. Sé cómo está.

–¿La has notado afligida?

–¿Está afligida? –no, no lo había notado.

–Mucho. Siente que te ha traicionado.

¿Qué? ¿Podría ser esa noche aún más surrealista?

–¿Cómo?

–Ha venido a verte a mediodía.

–Lo sé, no estaba en casa.

–Tiene una llave.

–Sí –se la había dado por si había alguna emergencia.

–La ha utilizado.

–¿Y?
–La curiosidad ha podido con ella.

De pronto lo comprendió todo. Sabía que estaba embarazada. De pronto todo lo que había dicho y hecho en la última hora tenía sentido. Incluso esa ternura que había visto en su mirada. Había sido por la vida que llevaba en su seno.

–Lo sabes –dijo ella en un susurro mientras volvía a intentar contener las lágrimas.

–Lo sé –le apoyó la mano en el vientre para dejar claro de lo que estaban hablando.

–Lo ha adivinado.

–Sí.

–Sabía que lo haría si veía las estatuas.

–Sólo ha visto una, pero ha sido bastante.

–¿Y te lo ha dicho?

–Cuando mi madre está afligida, se desahoga. Mi padre estaba en la piscina con Gio.

–Así que se desahogó contigo.

–Sí.

–Y tú has asumido que eras el padre.

–Como has dicho, nos prometimos exclusividad.

–No tienes dudas sobre mi integridad.

–No.

–Y ahora quieres casarte conmigo.

–No tengo elección –tomó la mano entre las suyas mucho más grandes–. No tenemos elección.

Ella negó con la cabeza.

–Sé razonable, Faith. Es la única forma.

–No. Hay... nosotros... Hay otras opciones.

–No pensarás en abortar –dijo horrorizado.

–No. Y si me conocieras, sabrías que no lo haría.

–Ya te he dicho que eso es algo que pretendo enmendar.

—Me quedo más tranquila.
—No me tomes el pelo, Faith.
—No tengo que casarme contigo —bebió un sorbo de té.
—No negarás un padre a mi hijo.
—Shh. Tino, eres todo o nada. Primero crees que voy a abortar y después que voy a renunciar al reconocimiento de la paternidad.
—¿Lo vas a hacer?
—No.
—Entonces, cásate conmigo.
—Hay otras posibilidades.
—Ninguna así de buena.
—Claro, como que un matrimonio provocado por un embarazo va a crear una familia en la que el bebé va a estar encantado de crecer.
—Somos compatibles... no hay nada malo en esta opción.
—Dejas al margen un pequeño aspecto que se supone debe existir en un matrimonio.
—¿Qué?
De verdad ¿podía ser tan difícil?
—El amor, Tino. Estoy hablando del amor.
—Nosotros dos nos cuidamos.
—No es bastante.
—Lo es. Mucha gente se casa con menos.
—Yo amaba a Taylish y él me amaba a mí —quizá no habían sentido la misma clase de amor los dos, pero el amor estaba ahí.

Tino apretó la mandíbula.
—Yo amaba a Maura, pero murió lo mismo que tu Taylish. Nosotros estamos aquí y ahora. Eso es lo que importa.
—No. Tú eras completamente reacio a la idea de la boda antes.

–No sabía que estabas embarazada.

¿Tendría alguna idea del daño que esas palabras hacían en su corazón? Por supuesto que no. No era capaz de comprender el daño que le hacía su actitud.

–Lo sabía.

–¿Sabías qué?

–Que si te decía que estaba embarazada, te casarías conmigo. ¿Te das cuenta de lo medieval que es tu forma de pensar?

–Soy un Grisafi –como si eso lo explicara todo.

–Bueno, yo no y no estoy segura de querer serlo.

Su mandíbula ya tensa empezó a moverse con un tic, pero su voz permaneció tranquila.

–A mi madre se le romperá el corazón al oír eso.

–No me casaría con tu madre.

–Espero que no –se echó a reír a pesar de la conversación... o quizá por eso.

Casarse con Tino. Un sueño hecho realidad por las razones equivocadas.

–Has dicho que hay otras opciones –intervino él.

–Las hay.

–Dímelas.

–No he dicho que te fueran a gustar –advirtió.

–Si no incluyen que nos casemos, creo que es fácil saberlo –recuperó aún más el tono calmado.

–No lo harán.

Tino se limitó a esperar.

–Muy bien, pero quiero señalar que no estoy en condiciones de discutir.

–No he notado que tuvieras ninguna dificultad para hacerlo hasta este momento.

–Quiero decir no, Tino, que ya he tenido bastante por esta noche.

–No volveré a molestarte –se puso muy serio.

Ella asintió sabiendo que se estaba aprovechando de la situación. Pero era la verdad. No quería discutir. Sus reservas emocionales estaban completamente agotadas.

–Podría volver a mi país y criar allí al niño. Podrías visitarlo.

Esperó la explosión, pero no llegó. Simplemente se la quedó mirando.

–¿No dices nada? –tuvo ella que preguntar.

Tino negó con la cabeza y entonces es cuando se dio cuenta de lo apretada que tenía la mandíbula.

–No quiero hacer eso.

–Bien –la sensación de alivio fue palpable.

–Estaba señalando sólo una opción –¿y tratando de devolverle un poco del daño que él le había hecho?

–Anotado.

–Quiero quedarme en Sicilia –dijo rápidamente para que supiera que no iba a hacerle sufrir con el niño–. Me encanta esto y quiero que el niño crezca conociendo a su familia. Los Grisafi son todos los parientes que tendrá y es una gente maravillosa –trató de sonreír.

–Entonces, cásate conmigo.

Lo deseaba con todas sus fuerzas, pero no sólo por el niño.

–Podría quedarme aquí.

–¿En este apartamento? –dijo horrorizado.

–El bebé será muy pequeño –se mordió el labio–. Además puedo buscar un sitio más grande.

–Puedes venir a la casa de mi familia.

–Lo he considerado –lo había pensado porque creía que el niño se merecía esa vida.

El niño se relacionaría con la gente que lo quería, incluido su padre. Pero eso no podía incluir que ellos retomaran su relación. Eso no era negociable. Pero quería que el bebé tuviera una familia. El dolor que ella había sufrido por crecer sin padres se había apagado con el tiempo, pero no había desaparecido, nunca lo haría. Quería que su hijo estuviera cerca de sus abuelos, hermanos, padre.

La casa de los Grisafi era lo bastante grande como para acomodarla en una zona en la que sería como vivir en su propio apartamento.

–Entonces, te casarás conmigo.

–Eso no es lo que he dicho. Puedo vivir en la casa de tu familia sin ser tu esposa. Es lo bastante grande.

–¿Vas a negarme el lugar que merezco en la vida de mi hijo?

–No haré eso. Aparecerás en la partida de nacimiento, el niño podrá tener tu apellido.

–Pero tú no lo quieres.

Estaba a punto de decir que no, pero no fue capaz. Así que negó con la cabeza.

–¿Por qué, Faith? Querías casarte antes de que lo supiera.

–Ésa es la causa.

–No lo entiendo.

–Yo creo que sí.

–Sientes que es un desaire que me case por el niño y no por ti.

–Sí.

–Eso es un pensamiento infantil, Faith –«tú también me importas, no es lo que parece».

Faith decidió no dejarse presionar.

–Piensa lo que quieras, pero no voy salir corriendo al juzgado a casarme.

–Como si mi madre fuera a permitir algo así –dijo con una carcajada.

Faith se limitó a mirarlo.

–¿Te vendrás a vivir entonces?

–He dicho que lo había considerado. Es sólo una opción.

–Hasta ahora es la mejor que has sugerido.

–En realidad la has sugerido tú.

–¿Pero la has considerado?

–Sí.

–¿Favorablemente?

–Sí.

–Entonces, ¿qué evita que accedas?

–No estoy segura de querer vivir en la misma casa que tú –respondió con sinceridad.

–Me odias demasiado.

–No te odio en absoluto, sólo que no estoy segura de que sea lo mejor para los dos.

–Es lo mejor para el bebé y eso es lo que importa.

–En eso estamos de acuerdo.

–Entonces, te vendrás.

–Eres un cabezota.

–Mucho.

Faith suspiró. Él lo tomó como una aceptación y sonrió satisfecho.

–¿Cuándo?

–No he accedido, Tino –señaló ella–. Si decidiera que es lo mejor que puedo hacer y tus padres acceden, me mudaría después de que naciera el niño.

–Necesitas que te cuiden ahora. Lo de esta noche lo demuestra.

–Esta noche pensaba que me estabas diciendo que el padre de mi futuro hijo iba a casarse con otra. Una siciliana adecuada.

–¿El estrés te provoca vómitos?

–Sí, creo que sí.

–Tendremos que asegurarnos de que no te estreses de aquí en adelante.

–Lo apreciaría –si hubiera sabido que iba a ser tan fácil, habría jugado la carta de la enfermedad antes–. Estoy cansada, podemos seguir hablando más adelante.

–Muy bien.

Se incorporó y lo besó en la mejilla.

–Siento haberte dado una bofetada.

–Ya está perdonado.

–Gracias.

Capítulo 10

FAITH se quedó dormida. Sencillamente. A los treinta segundos su respiración se había acompasado. Siempre le había sorprendido que pudiera hacer algo así, aunque sólo la había observado después de hacer el amor. Esa noche no había sido así.

Aun así ahí estaba, dormida. Tenía ojeras. Le preocupaba verla tan frágil. ¿Estaría comiendo bien? ¿Habría ido al médico? Había tantas preguntas para las que necesitaba una respuesta, pero no iba a satisfacer su curiosidad en ese momento.

Tendría que esperar al día siguiente. Tuvo cuidado de no despertarla mientras le quitaba la ropa para que estuviera más cómoda. No pudo evitar notar los cambios que el embarazo ya había empezado a provocar en su bonito cuerpo.

Los pechos eran un poco más grandes y las areolas se habían oscurecido. Tenía aire de cansada, pero también brillaba, en su piel se reflejaba un estado saludable. Aún no había evidencia del bebé en la curva del vientre. No había crecido.

La necesidad de tocarla era muy intensa, así que apoyó con cuidado la mano en el vientre, una sensación de sobrecogimiento lo invadió.

Faith hizo un ruidito y se giró para acurrucarse sobre la almohada.

Se descubrió sonriendo, pero enseguida frunció el ceño. Sabía que ella esperaba que se marchara, pero no iba a hacerlo. Había accedido a no discutir; no a abandonar el apartamento, a dejarla sola, sin nadie que la cuidase.

Sacó el móvil y llamó a sus padres para decirles que no volvía a dormir a casa. Por suerte respondió su padre, así que no tuvo que responder preguntas. Su madre llamó diez minutos después, pero dejó que saltara el contestador. Aún no quería hablar con ella.

Faith y él iban a tener que dar explicaciones y prefería hacerlo a su ritmo y a su modo.

Faith se despertó con una sensación de bienestar que no había experimentado en semanas. Tenía la sensación de haber estado rodeada por unos fuertes brazos toda la noche, pero lo descartó pensando que sería parte de sus sueños. Como tantas otras mañanas.

Tenía alguna molestia en el estómago, pero nada equiparable a lo de la noche anterior. Recordó la visita de Tino, pero no estaba preparada para enfrentarse a las consecuencias de que él lo hubiera descubierto. Decidió mantener la mente en blanco y moverse despacio para evitar las nauseas.

Empezó por abrir los ojos y orientarse en el espacio. Lo primero que notó fue una taza de té en la mesilla. Salía vapor de ella. El queso y el pan del plato parecían frescos, además había uvas.

Se sentó con cuidado. No importaba la curiosidad que sintiera, no iba a agitar el estómago.

Cuando se deslizaron las sábanas sobre su cuerpo, se dio cuenta de que estaba desnuda.

Completamente.

—¡Tino!

A pesar de las evidencias de su presencia, se quedó conmocionada cuando apareció. Sobre todo porque sólo llevaba unos boxers.

—¿Estás bien, *piccola madre mia*? ¿Has probado el té? Te asentará el estómago. ¿Necesitas ayuda para ir al baño?

La verborrea sería entrañable si, bueno... quizá sí era entrañable. Y llamarla madrecita era... bueno... no sabía lo que era.

—¿Qué haces aquí?

—Cuidarte como puedes ver —señaló la taza y el plato.

—Quiero decir que qué haces aquí en general.

—He pasado aquí la noche.

—¿En mi cama?

—Tu sofá es demasiado pequeño. Además podrías haberme necesitado por la noche.

Una vez que se había hecho a la idea de que había pasado la noche allí, no le costó asumir que hubiese dormido en su cama. Tampoco le molestó. Le hacía sentirse cuidada. No había habido nada sexual, sólo había estado allí.

La sensación de haber dormido abrazada no era fruto de su imaginación.

—Dijiste que te marchabas.

—No.

—Tú...

—Te prometí no discutir.

Cierto, y ella había asumido que eso suponía que accedería a sus deseos.

—Eres un reptil, Tino.

—Prefiero pensar que soy alguien de recursos —le dedicó una sonrisa de ésas que la derretía—. Deberías tomarte el té y comer algo. El médico dice que es mejor que comas algo antes de levantarte.

–Taylish solía tenerme preparado un poco de pan tostado y un vaso de Seven-Up –suspiró mirando la pequeña habitación–. Lo había olvidado.

–¿Prefieres eso? –preguntó Tino con voz llana–. Sólo es que el médico me recomendó esto.

–Esto está bien.

Él asintió y salió de la habitación.

Mientras le daba vueltas a la extraña conducta de Tino, se tomó el té. Comió algo de pan y queso y algunas uvas antes de que él volviera. Le sentaron bien. Se sentía casi normal.

Tino seguía con la misma poca ropa interior color verde esmeralda que se moría por tocar. Algo realmente estúpido, pero completamente cierto.

Se le levantaron los pezones y recordó que estaba completamente desnuda debajo de las sábanas.

–Anoche me desnudaste. Mientras dormía.

–Lo habría hecho mientras estabas despierta, pero estoy seguro de que el resultado habría sido completamente distinto –le dedicó una mirada llena de intención que la excitó hasta la médula.

–No –sacudió la cabeza para convencerse de que lo que él sugería no era posible.

Se sentó al lado de ella y la agarró de la nuca.

–¿Estás segura de eso?

–No podemos, Tino. Nada de sexo –aunque se moría de deseo.

–¿Por qué? –su expresión se volvió de preocupación–. ¿Te ha dicho tu médico que hay algún problema con tu embarazo?

–No –reconoció sabiendo que iba a parecer paranoide–. Dice que estoy bien y el niño también –también le había dicho que la mayoría de los abortos en el primer trimestre no podían evitarse, simplemente ocurrían porque el feto no era viable.

–Entonces, ¿por qué nada de sexo?

–¿Conoces el riesgo de aborto que hay en el primer trimestre, Tino?

–No.

–Un doce y medio por ciento. El número es mucho mayor porque muchas veces sucede antes de que la mujer se dé cuenta de que está embarazada. De todos modos, aunque la posibilidad fuera de una entre un millón, tampoco me arriesgaría.

–Bueno, si hacer el amor incrementa el riesgo, no lo haremos. Me sorprende que el médico de Maura nunca dijera nada similar –pareció un poco enfadado.

Faith decidió que tenía que ser sincera.

–Bueno... no hay ninguna evidencia científica que sugiera que una actividad sexual normal incremente el riesgo en el primer trimestre.

–Pero aun así te da miedo correr el riesgo.

–Sí.

–Pues nos abstendremos –dijo con el aire de un hombre que hace un gran sacrificio ya que no con placer, al menos sin reproches–. Eso hará más interesante la noche de bodas.

–No vamos a casarnos –al menos no de momento.

–Ya veremos –se puso de pie–. Ahora creo que ya es hora de prepararnos para el día. ¿Necesitas ayuda en la ducha?

–Estoy embarazada, no inválida. Puedo hacerlo sola.

–Seguramente es lo mejor. Una exposición prolongada a tu cuerpo húmedo y desnudo no creo que fuera lo mejor para mi autocontrol.

–Hablas siempre como si fuera una especie de mujer fatal.
–Quizá sea porque ejerces un control absoluto sobre mi libido.
Faith se echó a reír.

Tino se vistió mientras Faith estaba en la ducha y después hizo un par de llamadas de trabajo. Cualquier cosa para no estar con ella en su diminuto dormitorio.

Por alguna razón, Faith temía perder el bebé. Decidió no incrementar esos temores. Sinceramente no tenía ni idea de que el aborto tuviera tanta prevalencia en el primer trimestre. Hizo una búsqueda rápida con la PDA.

Faith salió de su habitación con un flotante vestido de verano del mismo azul que sus ojos. El cuello ceñido acentuaba sus curvas, pero el vestido parecía cómodo. No se ceñía en la cintura.

–¿Sabías que el riesgo de aborto cae hasta menos del uno por ciento después del primer trimestre y que no hay estudios que relacionen una actividad sexual normal con las pérdidas?

Se detuvo, lo miró un segundo y después se echó a reír.

–Tino, eres demasiado. ¿Has vuelto a llamar al médico mientras estaba en la ducha?

–No. He buscado en Internet.

–No sabía que conocías la clave de mi ordenador.

–No. He utilizado mi PDA.

–Sí, conocía esa información.

–No sabía si eras consciente de que estaré a tu lado todo el embarazo.

–Sí.

–Bien.

Faith sacudió la cabeza y fue a sentarse en donde

habían estado la noche anterior. Esa vez él se sentó a su lado, le agarró las piernas, se las puso en el regazo y empezó a masajearle los pies.

—¿Por qué haces eso? –lo miró extrañada.

—Para que te sientas mejor.

—Pero... no es que esté gordísima aún, y no me duelen los pies todavía, Tino.

—Bueno, estoy adquiriendo práctica. Si no te gusta, paro.

—No te atrevas. Es maravilloso.

—Bueno, ahora cuéntame por qué tienes tanto miedo de perder al niño.

El gesto de éxtasis que había en el rostro de ella cambió a uno de dolor y temor.

—Siempre pierdo a las personas que amo, Tino. No voy a arriesgarme con este niño.

—No has perdido a mi madre... ni a mi hijo –no se mencionó a sí mismo porque, en realidad, no estaba seguro de que ella lo amara.

—Si tú hubieras seguido tu camino, ninguno de los dos seguiría en mi vida.

—Eso no es cierto.

—Te sentó mal que fuera la profesora de Gio, que tu madre fuera mi amiga.

—Estaba conmocionado... y respondí muy mal, pero no los habría sacado de tu vida. Aunque no estuvieras embarazada –se dio cuenta de que no le había dicho que no estrechara los lazos con su familia, ella los necesitaba.

—Te creo. No sé por qué. No debería, pero te creo.

—Me alegro. No te he deseado nunca ningún mal.

—Lo sé –le acarició un brazo.

—Así que no has perdido a todo el mundo que amas.

—Cada vez que he tenido oportunidad de tener una familia, me ha sido arrebatada. Primero mis padres, después la única familia de acogida donde me sentí bien. Estaban esperando un bebé para adopción y cuando llegó me tuve que ir.

–Eso es espantoso.

Se encogió de hombros, pero el dolor saltaba a la vista.

–Cuando perdí a Taylish y a nuestro hijo... –las lágrimas le inundaron los ojos y le cayeron lentamente por las mejillas mientras trataba de recomponerse–. Pensé que no estaba destinada a tener una familia.

–Entiendo que te sientas así –y le rompía el corazón–, pero debes ser consciente de que es una conclusión irracional. Aunque hayas sufrido más de lo que debería sufrir nadie, sigues viva, tienes mucho que darle a una familia y mucho que recibir de ella –le tomó una mano y la besó–. Ahora eres mi familia, Faith.

Ella se soltó la mano reacia.

–No, no lo soy. Si consigo dar a luz a este niño, entonces tendré una familia... alguien me pertenecerá. Perteneceré a alguien.

Sus palabras le llegaron al corazón abriendo una herida en la que no quiso fijarse.

–Cásate conmigo y tendrás un hijo terminado, madre, padre y unas cuantas tías, tíos y primos.

–A ti no te tendré, ¿verdad, Tino?

–Por supuesto que me tendrás. Seré tu marido –no podía entenderla.

Ella se limitó a sacudir la cabeza.

No pudo reprimirse más tiempo. La sentó en su regazo y la rodeó con los brazos.

–No puedo imaginarme cómo has podido sobrevivir a la pérdida de tanta gente. Eres fuerte, hermosa, Faith. Una mujer de la que me sentiría orgulloso de llamar mi esposa.

Sentía que estaba rozando el quebrantamiento de la promesa que había hecho a Maura, pero no podía echarse atrás. No frente al dolor de Faith.

–Sólo quieres casarte conmigo por el niño.

–Y por ti y, sí, por mí. Te deseo, Faith, y puede que a ti no te parezca muy importante, Faith, pero nunca he deseado a una mujer como te deseo a ti.

–¿Ni siquiera a Maura?

–No –le dolió admitirlo y le daba vergüenza, pero ella se merecía la verdad.

Por mucho que hubiera amado a su esposa, con ella no había experimentado esa necesidad de unión física que sufría con la mujer que tenía entre sus brazos.

–No quiero volver a perder a mi familia –dijo Faith llena de dolor.

–No perderás este niño. No me perderás a mí.

–Eso no puedes saberlo.

–Y tú no eres alguien que tira la toalla por el miedo o ya lo habrías hecho –la abrazó con fuerza–. Además hay una niña en quien pensar. Podemos darle más estabilidad como pareja casada, *cara*, que simplemente compartiendo casa.

–¿Una niña?

–No se me ocurre nada mejor en que pensar que en tener una hija que tenga el espíritu y la belleza de su madre.

–No digas esas cosas.

–No puedo evitarlo.

–Pero...

–No sólo estoy pensando en ella –tenía que convencerla de que se casase con él.

–¿En quién más?

–En mi madre. Llevas a su nieta dentro. No será muy feliz si no te casas conmigo.

–Tu madre te conoce mejor que yo y lo comprenderá.

Tino soltó una carcajada a pesar de las emociones que lo inundaban.

–No, se lo tomará como algo personal y se le romperá el corazón si tú rechazas ser su nuera.

–No puedo casarme contigo para hacer feliz a Agata.

–¿Y qué me dices de Giosue?

–Tú dijiste que se merecía alguien mejor que yo –dijo con tristeza en los ojos.

–No.

–Sí. Querías darle una madre adoptiva siciliana para que tuviera a alguien que se pareciera a su madre real.

Oír su propio razonamiento en labios de ella le resultó muy desagradable en ese momento. ¿Cómo podía haberle dicho algo así? Incluso aunque alguna vez lo hubiera creído.

–Mi hijo no está de acuerdo. No quiere una madre siciliana tradicional. Quiere a una artista de espíritu libre que quiere a los niños tanto como para darles clase de arte porque considera una bendición estar rodeada de críos que le recuerdan al que ella perdió.

–Y decías que no me conocías –apoyó la cabeza en su pecho.

–Quizá te conozco mejor de lo que los dos pensamos –ese pensamiento no era muy agradable–. ¿Puedes hacerlo?

No respondió a su pregunta, pero él se explicó.

–¿Puedes casarte por nuestra hija, por mi madre y querida amiga, por la felicidad de Giosue, un niño que ya quieres? ¿Por tu fuerza interior que ve felicidad y belleza en un mundo que te ha quitado tanto? ¿Porque es lo correcto?

–Vuelve a preguntármelo dentro de dos semanas –dijo en un susurro como si le costase hablar.

—¿Por qué dos semanas?
—Es cuando termina el primer trimestre.
—¿Qué tiene eso que ver?
Faith se incorporó y lo miró fijamente a los ojos.
—Sólo quieres casarte conmigo porque estoy embarazada. Si el embarazo se termina, te arrepentirías de haberte casado.
—¿A qué viene esta negatividad? No vas a perder a nuestro bebé. Si quieres que no haya sexo hasta que te sientas segura, no discutiré. Pero me niego a considerar un posible aborto como elemento de decisión sobre la boda. No lo vas a perder.
—No puedes prometerme eso –dijo con los ojos llenos de lágrimas.
—Puedo prometerte que, con bebé o sin él, espero casarme contigo.
—No.
—Sí.
—Eso no tiene sentido.
—Para mí sí.
—Es una cuestión de obligación –dijo con gesto de horror–. Te doy pena.
Tino se echó a reír, no pudo evitarlo.
—Eres demasiado fuerte para dar pena.
—No lo soy. Tengo mucho miedo. Soy una cobarde, no quiero tentar al destino.
—No eres cobarde.
—No sé cómo hemos empezado a hablar de matrimonio. Anoche hablábamos de mi mudanza a la villa Grisafi.
—Persigo lo que deseo.
—¿Y lo que quieres es casarte conmigo? –parecía incrédula.
—Créetelo –le levantó la barbilla con la mano para

que lo mirara a los ojos–. Vives con miedo y ésa no es forma de vivir.

–Porque tú lo digas.

En lugar de seguir discutiendo con ella, la besó. No fue un beso apasionado de «vamos a hacer el amor», sino tierno y reconfortante. Después le dijo:

–Faith, quiero que vivas con fe. Quiero que tengas esperanza en el futuro. Quiero que creas en la familia que podemos formar juntos.

–No sé si puedo.

–Creo en ti.

–Quiero enseñarte algo –dijo con la respiración entrecortada.

–Lo que quieras.

Ella se puso de pie y él hizo lo mismo preguntándose qué necesitaría que viera. El bebé que llevaba en su vientre hacía que no importaran las promesas que había hecho, tenía que crear un vínculo permanente entre ellos, tenía que conseguir que ella fuera parte de su vida.

No rompería su promesa final a Maura y no dejaría que Faith ocupara su lugar en su corazón, pero pasaría el resto de su vida demostrándole que casarse con él no había sido un error. No dudaba que sería capaz de convencerla.

Podía no estar enamorada de él, pero quería a su madre y a su hijo. Y amaba dar clase en la escuela. No podría mantener ese trabajo si insistía en ser una madre soltera. Aquello era Sicilia, no los tolerantes Estados Unidos o Gran Bretaña.

Podía no estar de acuerdo con las normas culturales de su país, pero no iba a desaprovecharlas cuando le iban bien. Faith se casaría con él.

Ella se detuvo delante de una estatua cubierta y lo miró a los ojos.

—¿No has mirado?
—No.
—¿No tenías curiosidad?
—Mucha.
—Pero has respetado mi privacidad.
—Sí —a diferencia de su madre, aunque en esa ocasión tenía que agradecer su excesiva curiosidad porque así se había enterado del embarazo.

Faith agarró el paño, pero no tiró de él.

—¿No crees que desnudarme niega eso?
—He recorrido cada centímetro de tu cuerpo con los ojos, los dedos... la lengua. No hay secretos entre nosotros.
—¿Y si yo no quería que me desnudaras?
—Nunca antes te ha molestado.
—Pero habíamos roto, Tino.
—¿Sí? —dio un paso para estar más cerca de ella—. ¿O era una pausa mientras pensabas cómo me ibas a decir lo del embarazo?

Pareció irritada, pero no dijo nada.

—Incluso aunque hubiera pensado en casarme otra vez, que no lo había pensado, no me habrías permitido hacerlo sin saber que estaba embarazada, ¿verdad?
—No.
—Tampoco te habría dejado yo, pero reconoce... estabas esperando el momento oportuno para que nos reconciliáramos.
—No —se mordió el labio y suspiró—. Pareces haber olvidado que eras tú quien se negaba a casarse conmigo.
—Si pudiera dar marcha atrás y cambiar mi respuesta, lo haría —porque tenía que reconocer que aun sin bebé no habría dejado que Faith saliera de su vida. No se sentía orgulloso de su debilidad, pero tampoco

podía mentirse a sí mismo–. Soy arrogante, lo admito, pero la verdad es la verdad. Nunca has dejado de pertenecerme y viceversa.

–Éramos amantes ocasionales, Tino. Compañeros de cama, no una pareja –la confusión y la amargura se mezclaban en su voz a partes iguales–. No nos pertenecemos.

–Así no es como yo lo veo.

–¿De verdad? Por eso no atendiste mis llamadas las dos semanas que estuviste en Nueva York.

–Sí.

–¿Qué? –lo miró conmocionada.

–No estaba cómodo con lo profunda de nuestra relación y quería pasar a una postura menos emocional –respiró hondo para decir algo que era muy poco frecuente en él–. Siento de verdad haberte hecho daño.

–Yo... –pareció quedarse sin palabras, pero se recompuso–. Debió de funcionar, si no, no habrías negado nuestra amistad a tu madre.

–Sabes que eso no es verdad –tenía que resolver eso de una vez para siempre–. Ya te he explicado por qué dije eso y, si te hace sentir mejor, he aprendido a lamentarlo –profundamente.

–El gran magnate tenía miedo de su madre. Muy convincente, Tino.

Tan convincente como ella entregada al sarcasmo.

–Bromear no cambiará la verdad de nuestras circunstancias.

–Eso ya lo sé –dijo con un suspiro.

–Nos pertenecemos. Mi tontería y tu intransigencia no pueden cambiar eso. Admítelo.

Capítulo 11

NUNCA te rindes, ¿verdad?
—No.
—Eres una obra de arte, Valentino Grisafi.
—Si te refieres a una obra de arte como las que creas, lo tomaré como un cumplido.
—Gracias.
—Tienes mucho talento.
—Espero que lo sigas pensando cuando veas lo que te voy a enseñar.

Y le fue mostrando las piezas una tras otra. Todas eran mujeres embarazadas en diversas situaciones y diferentes fases de la gestación.

Lo más impactante de la colección era las emociones que expresaba... y las que eludía. Había una mujer en estado de pura tristeza, evidentemente a punto de perder al bebé. Otra que brillaba de felicidad. Otra era un grupo formado por un hombre, una mujer y un niño. El hombre y el niño tenían sus manos en el vientre de la mujer. En una de las más abstractas, las figuras no tenían facciones y el sexo del niño no estaba definido, pero Tino pensó que hombre y niño sonreían. Estaba seguro de que representaba algo que ella esperaba, algo que Giosue y él podrían darle: una familia.

—¿Así es como te sientes ahora?
—Algunas veces.

La abrazó y la besó en la cabeza para tratar de darle confianza.

–No perderás este niño.

–Tengo que creerlo o me volveré loca.

–Pero sigues asustada –le acarició la espalda encantado de tenerla entre los brazos.

–Aterrorizada.

–También eres feliz.

–Estoy en éxtasis.

–Quieres al bebé.

–Mucho, mucho, mucho –lo abrazó con fuerza como si fuera la única forma de expresar lo que sentía.

–Eso es muchísimo –y se alegraba.

–Sí.

La separó un poco de él, sin dejar de abrazarla, pero sí lo bastante para poderla mirar a los ojos.

–Pero no quieres al padre.

–No es eso lo que he dicho –hizo el mismo mohín que hacía cuando llegaba la hora de irse a casa después de hacer el amor.

–Algunas cosas se pueden inferir.

–No, no se pueden.

–¿De verdad? –volvió a abrazarla con fuerza.

–Sí, sólo...

–¿Qué?

–Te lo he dicho... no quiero tentar al destino –apoyó la cabeza en él para no mirarlo.

No pudo evitar agarrarle las nalgas y masajearlas.

–¿Por qué no confías en la providencia en lugar de temer al destino?

–Nunca pensé que pudiera perder a mis padres.

–Lo hiciste.

–Sí, y créeme cuando te digo que estaba segura de

que Taylish y el bebé eran mi oportunidad de tener una familia. Una familia que no me podría ser arrebatada. Sabía que él nunca me dejaría.

—Y lo hizo.

—No fue culpa suya, pero tampoco mía. Y de nuevo estaba sola.

—Mírame.

Alzó la cabeza y los miró con unos ojos azul pavo real brillantes de emoción.

—Ahora no estás sola.

—¿Tú crees?

—Lo sé. Y tú deberías saberlo. Incluso sin el bebé tienes a mi madre, a mi hijo, a tus amigos... a mí.

—¿Te tengo a ti?

—Más que ninguna otra mujer desde la muerte de Maura.

Era algo que para él no resultaba cómodo, pero ella se merecía saberlo.

—Eso no te hace muy feliz —dijo perceptiva.

—Si hubiera podido elegir entre todas las mujeres del planeta cuál quería que despertase en mí este sentimiento, te habría elegido a ti —no creía que otra hubiera podido.

—No sé qué decir.

—Di que te casarás conmigo. Necesito que creas en el futuro si no por mí, al menos por el bebé.

—Pero...

—Nada de peros —le apoyó un dedo en los labios.

—Quiero creer.

—Pues hazlo.

—No es tan fácil.

—Lo sé, pero tienes que intentarlo.

—Mi primer embarazo fue ectópico —dijo sin emoción, pero irradiaba dolor.

–¿Perdiste tu primer hijo? –preguntó casi paralizado por la pena.
–Sí.
–He leído que un embarazo ectópico puede ser muy peligroso para la madre.
Ella asintió.
–Casi me muero.
–¿Y te arriesgaste a volver a quedarte embarazada? –no estaba seguro de que, si él hubiera sido su marido, hubiera tenido la fuerza para permitírselo hacer.
Taylish debía de ser un santo o un idiota. Sabía qué prefería creer.
–Completamente.
–¿Sabes? –soltó una carcajada–. Pensaba que no querías tener hijos.
–Nunca he contemplado esa opción. Pensaba que no podría volver a quedarme embarazada. Tay y yo tuvimos que ir a un especialista antes de quedarme embarazada por segunda vez.
–Así que este bebé es como un milagro.
–Sí.
Se sintió lleno de felicidad.
–Cree en la fuerza de este milagro, Faith.
–Conocerte fue un milagro, Tino.
–¿Qué? –no podía creer que hubiera dicho eso.
–Desearte me conmocionaba. No pensaba volver a tener una relación íntima con ningún hombre.
¿Había estado así de enamorada de Taylish? Desde luego sexualmente la relación no había sido tan satisfactoria. No como la que mantenía con él. Su reacción ante el placer la primera vez que habían hecho el amor indicaba que ella no había experimentado algunas cosas.
–Pero me deseabas.

–Sí.
–Yo también te deseo, *bella mía* –la abrazó.
–Lo sé –dijo con poca voz y moviéndose para que supiera que había notado la evidencia de ese deseo.
–Pues cásate conmigo.
–No es tan sencillo –dijo entre risas.
–Puede serlo si tú quieres.
–Eres tan cabezota, Tino.
–Eso te gusta de mí.
–Quizá –dijo tras unos segundos de silencio.

Faith pasó la mañana trabajando, se sentía más inspirada que en semanas.

Un pitido de su despertador le avisó de que era la hora de prepararse para comer con Agata. Se estaba lavando las manos cuando llamaron a la puerta.

Pensando que Agata habría decidido acercarse a recogerla, se secó las manos y abrió la puerta.

Se encontró con un Tino de ceño fruncido.

–No has preguntado quién era. No hay mirilla. ¿Cómo sabías que era yo?

–Serás arrogante. No sabía que eras tú.

–Si no sabías que era yo, ¿por qué has abierto la puerta? –se inclinó y le dio un beso.

–Pensaba que era tu madre.

–Pensaba que habíais quedado en el restaurante directamente.

Ella no recordaba haberle contado los detalles de la cita con su madre, pero lo mismo que en su primer embarazo, tenía la memoria a corto plazo un poco afectada.

–Pensaba que habría venido a buscarme.

–Pero no lo sabías.

—Evidentemente, no.

—Y aun así has abierto la puerta.

—¿Tiene algún sentido este interrogatorio?

—¿Sentido? –entró y cerró la puerta–. Sí, un sentido. Podría haber sido cualquiera.

—Pero no lo era.

—Sin embargo, esa conducta es arriesgada.

—¿Arriesgada? ¿Abrir la puerta?

—Abrir la puerta cuando no sabes quién hay del otro lado es un riesgo innecesario.

—¿Qué eres? ¿Un inspector de la seguridad en el hogar para mujeres embarazadas?

—Esto no tiene nada que ver con tu embarazo.

—Pareces un poco acalorado, Tino.

—No te rías de mi preocupación por ti, Faith. Debería haber venido más a verte aquí antes. Sin duda te has estado comportando así todo el tiempo.

—Esto es Sicilia, no Nueva York. Puedo abrir la puerta sin preocuparme de si la persona del otro lado va a robarme.

—¿O peor? No pienso así. Marsala no es una ciudad tan pequeña y hay muchos turistas.

—No seas sobreprotector, Tino.

—Creo que no lo soy. El sentido común no es sobreprotección –el color hizo brillar sus mejillas.

—Me gusta este lado tuyo –decidió ella.

—Bien. No lo voy a cambiar.

—Eso creo –sonrió, y después frunció el ceño–. No es que quiera echarte ni nada parecido, pero se supone que tengo que comer con tu madre en menos de una hora y tengo que arreglarme. ¿Necesitas algo?

—Voy a colarme en tu comida con mi madre.

—¿Qué? ¿Por qué?

—Has decidido hablarle del embarazo, ¿verdad?

–Sí –y estaba bastante nerviosa.

–Por mucho que adores a mi madre, creo que te vendrá bien mi apoyo moral.

–Eso es muy amable por tu parte –Tino quería estar con ella.

Ya sabía que ella quería estar con él, pero quizá no esa tarde.

–¿No será sospechosa tu presencia? Tu madre no es tonta, pensará que entre nosotros hay algo más que una relación casual.

–Estoy seguro que llegó a esa conclusión cuando salí corriendo de casa sin decir nada después de que me contó que estabas embarazada.

–No has hecho eso...

–Sí.

–¡Tino!

–Lo sé, no pensaba, *bella mia.*

–No quería decirle a nadie que estaba embarazada hasta pasado el primer trimestre –se lamentó.

–Lo hecho, hecho está.

–¿Es un refrán siciliano?

–Creo que es universal –sonrió y le dio un beso.

–Supongo –fue a su habitación–. Tengo que vestirme.

La siguió.

–Tino, voy a vestirme.

–¿Y?

–Realmente no reconoces los límites, ¿verdad?

–¿Esperas tener más límites conmigo como mi esposa que como mi amante? –pareció confuso.

–No estamos casados.

–Aún no, pero llegará.

–No he dicho que sí –pero lo haría, lo amaba y sabía que sus sentimientos por ella eran más profundos de lo que le gustaba reconocer.

No iba a dejarlo escapar, él no era el único testarudo de esa relación.
–Lo harás.
–¿Estás seguro?
–No me puedo permitir otra posibilidad –por un momento su magnate le pareció tan vulnerable como cualquier otro ser humano del planeta–. De momento me siento feliz con que admitas que somos una pareja.
–¿Hemos sido alguna vez una pareja?
–Teníamos nuestros límites en la relación, pero eso no significa que no estuviéramos juntos.
–Límites que estableciste tú.
–Lo reconozco.
–Y que pareces haber descartado bastante rápido –y estaba encantada.
–Las circunstancias cambian.
–Como enterarte de que estoy embarazada.
–Lo creas o no los muros que había levantado se hundieron cuando me dejaste tirado.
–Lo creo –¿la amaba? No tuvo el valor de preguntárselo–. Así que admites que te dejé.
–Sí –dijo con expresión de dolor.
–Entonces puedo admitir que somos una pareja.
En los labios de Tino se dibujó una sonrisa que a ella le llegó muy dentro.
La miró quitarse los vaqueros llenos de arcilla y la camiseta; su mirada se tornó de deseo cuando se quedó casi desnuda.
–No llevas sujetador –hizo una gesto con las manos como para tocarla.
–Nada de sexo, recuerda –dijo con una sonrisa.
–¿Cómo voy a olvidarlo?
–Parece que corres peligro de hacerlo.

–No, pero no me negarás el poco placer que puedo tener, ¿verdad?

–Pero te vas a embalar para no llegar a ningún sitio –era maravilloso saber que la deseaba de ese modo.

–Creo que una parte de ti disfruta sabiéndolo –se echó a reír.

–Puede que tengas razón.

Se dio la vuelta para sacar la ropa del armario y se agachó a por unas sandalias, lo que provocó un rugido de Tino.

–¿Estás seguro de que vas a sobrevivir a esto? –preguntó ella sin darse la vuelta.

–Si Taylish pudo soportar la abstinencia, yo también.

–Oh, competitivo. No tienes por qué serlo. Tay y yo no dejamos de hacer el amor en ninguno de mis embarazos.

Hubo un silencio de cinco segundos.

–Te espero en el estudio –se dio la vuelta y salió de la habitación sin decir nada más.

Faith parpadeó sin estar segura de lo que había pasado allí. Estaban bromeando y era evidente que los dos lo estaban disfrutando, y de pronto él se había marchado.

Fue en silencio en el camino del restaurante.

–Tino –dijo cuando aparcaron delante de la *trattoria*–. ¿Pasa algo?

–¿Qué va a pasar?

–Eso es lo que quiero saber.

Él se limitó a encogerse de hombros y salir del coche. Lo rodeó para abrirle la puerta. Le apoyó la mano en la espalda mientras entraban en el restaurante.

Agata estaba sentada en una mesa para cuatro. Rocco estaba frente a ella.

–Hola Faith –sonrió–. Mi hijo, ¿por qué no me sorprende verlo a él también?

–Porque eres lo bastante inteligente como para sumar dos y dos. Yo, sin embargo, estoy un poco impresionado porque hayas venido con papá sin advertir primero a Faith.

–¿Por qué, soy algún tipo de ogro para que mi futura nuera tenga que ser advertida de mi presencia?

–No seas melodramático, papá.

Tino miró a Faith y vio que se estaba tomando la situación con calma. Sonrió a su padre y dijo:

–Me alegro mucho de verte, Rocco.

–Y yo estoy encantado de esperar otro nieto.

Tino no le dio oportunidad de contestar. Sacó una silla para que se sentara. Ella así lo hizo. Bebió un sorbo de agua y se preguntó cómo les iba a decir que aún no había accedido a casarse con Tino.

–Faith no ha consentido en ser mi esposa –dijo Tino sin rodeos ahorrándole ese detalle.

–¿No se lo has pedido? –preguntó Rocco.

Tino esperó a sentarse para responder. Después dedicó a su padre una mirada que a otro le hubiera hecho encogerse.

–Naturalmente que se lo he pedido. Me ha rechazado.

–¿Así? –preguntó Agata claramente conmocionada.

Faith miró a Tino.

–Le he dicho que me lo pregunte dentro de dos semanas.

–Voy a empezar ahora mismo con los preparativos –dijo Agata.

–No ha dicho que entonces vaya a acceder.

–Pero claro que lo hará. Simplemente tienes que convencerla –miró a su hijo de un modo cargado de sentido–. Ya la has seducido, podrás convencerla de que se case contigo.

Faith sintió que se ruborizaba, pero Tino no pareció menos molesto.

–Es lo que intento.

–Tendrás éxito –dijo su madre complacida.

–¿Sí? –Tino miró a Faith tratando de adivinar algo en ella–. Eso espero.

–Sabes por lo que quiero esperar.

–Sí, no quieres pasarte el resto de tu vida conmigo si el sacrificio no es necesario.

–No es a mí a quien eso le preocupa.

–Y yo ya he dejado claro que no quiero esperar para comprometerme.

–No querías casarte conmigo antes de que estuviera embarazada. Ni siquiera querías ser mi amigo.

–Quiero casarme contigo ahora, y era amigo tuyo, aunque lo bastante cobarde como para no reconocerlo delante de mi madre –miró a sus padres–. Lo siento, no fui muy sincero con vosotros sobre mi relación con Faith.

–Mentiste –dijo Rocco intransigente.

–Sí –dijo Tino con un asentimiento.

–Te perdonamos, ¿verdad? –dijo Agata mirando a su marido de un modo que decía que se arriesgaba a dormir en la habitación de invitados.

–Sí, eres nuestro hijo.

Faith sonrió. Quizá Tino había estado preocupado por eso. Se alegraba de que el tema con sus padres estuviera resuelto.

–Bueno, ¿quieres una gran boda o algo pequeño? –preguntó Agata.

–Te he dicho...

Agata no dejó seguir a su hijo.

–Sé lo que has dicho, pero tu padre y yo tenemos una fe ciega en ti –miró a Faith con expectación.

–Siempre he soñado con casarme en una iglesia con mi familia siendo testigo de mi felicidad –no sabía por qué había dicho eso, era un sueño que jamás podría realizar.

–Hablaré con el cura, a menos que quieras casarte en una iglesia luterana.

–He asistido a las misas católicas desde que llegué a Sicilia, me siento bien.

–Qué maravilla –dijo Agata radiante–. El padre estará encantado de oír eso.

–Sin duda –dijo Tino.

Faith lo miró con una pregunta en los ojos.

–Una cosa más que sé de ti –dijo él encogiéndose de hombros.

–Tino, me conoces más profundamente que nadie desde Taylish, puede que incluso más que él.

Agata los miró mientras Tino se quedó sin palabras.

–Como tiene que ser –dijo Rocco.

Mientras comían, Agata preguntó a Faith sobre el progreso del embarazo, quería saberlo todo. Tino y Rocco dejaron casi toda la conversación a las mujeres. Al final de la comida, Tino dijo:

–Me quedaré con Faith hasta que se mude a casa. ¿Hay algún problema en que os ocupéis de Giosue?

–Claro que no –dijo Rocco antes de que Agata dijera nada.

–Pero Tino, Gio te necesita.

–Y tú, aunque no lo reconozcas –Faith iba a protestar, pero él no le dejó–. Confía en mí, no voy a dejar de atender a mi hijo. Lo acostaré por la noche y después iré a tu apartamento. Si quieres venir a acostarlo conmigo, los dos estaremos encantados. Si quieres, te lo puede pedir él.

-De nuevo te estás comportando como un reptil, Tino -no era jugar limpio meter al niño en eso-. Sabes que no puedo decir que no a Gio.

Rocco y Agata se echaron a reír.

-Sólo siento alivio por saber que mi hijo tiene más caché que su padre.

-Eso no es cierto.

-¿Entonces aceptarás mi invitación tan rápidamente?

Quería decir que sí, pero no podía.

-Lo discutiremos después.

-Ya están hablando como un matrimonio.

-No tomes el pelo a los chicos, Rocco.

Faith se echó a reír por el comentario.

Capítulo 12

TINO salió del coche cuando llegaron al apartamento de Faith.
—No necesito escolta hasta la puerta, Tino.
—No me sorprende, parece que no me necesitas para nada.
—No quería decir eso, es sólo... sólo que no tienes que acompañarme hasta arriba.
—Quizá quiera hacerlo.

Ella asintió sintiendo calor en el lugar de la espalda donde él le había apoyado la mano a pesar de que estaba claramente enfadado.

—Te necesito, Tino –dijo mientras subían las escaleras.
—Es bueno oír eso –había algo en su voz que sonaba como a... frustración.

Algo iba mal.

Con la esperanza de saber qué, lo invitó a pasar y beber algo, pero él negó con la cabeza.

—Tengo que irme a la oficina si esta noche quiero volver a una hora decente.
—Algo te preocupa y quiero que me digas lo que es.
—No importa –apartó la mirada–. La vida es así.
—No te entiendo. ¿No te hace feliz que esté embarazada? Si no quieres casarte conmigo, no voy a obligarte. Y con lo mucho que te quieren, tus padre tampoco.

—Soy plenamente consciente de que en cualquier momento puedes dejarme.

—¿Qué? Tino, ¿qué te pasa? No voy a dejarte.

—Pero es lo que quieres.

—No, no es lo que quiero.

—Oh, te hace feliz tener a mi hijo, pero es evidente que habrías elegido otro padre. Sólo que el hombre que habrías elegido está muerto.

—No quisiera que este bebé fuera de Taylish.

—No te creo.

—Esto es ridículo, Tino.

—Te veo esta noche —se encogió de hombros.

—No tienes que quedarte conmigo —sabía que la ignoraría, pero tenía que decirlo.

—Mientras sigas testarudamente empeñada en no venirte a casa, lo haré.

—Los viñedos Grisafi no son mi casa.

—Se convirtieron en tu casa en el momento en que concebiste a mi hijo y lo seguirán siendo hasta el día que te mueras. Incluso aunque nunca te cases conmigo.

—No tienes ni idea de lo mucho que deseo eso.

—Pero no lo bastante como para comprometerte a aceptarme a menos que se demuestre completamente necesario, ¿no?

—Tino, ¿qué te pasa hoy? No es eso lo que yo he dicho y lo sabes. Está muy lejos de lo que siento y no es gracioso.

—Sabes que quiero que te cases conmigo y no lo harás.

—Eres como un CD de una sola pista programado para repetirse.

Él no respondió.

Faith tuvo que respirar hondo para no gritar. Podía ser tan irritante.

—Dime una cosa, Tino.
—Sí.
—¿Si mañana abortara, seguirías queriendo casarte conmigo?
—Sí —sus ojos brillaron con sinceridad y algo más. Oh, Dios... parecía amor. Lo sentía. De verdad.
Se le aflojaron las rodillas, pero no podía confiar en lo que su cerebro le decía a su corazón que estaban viendo sus ojos.
—No lo dices de verdad.
—Sí.
—Yo...
—Danos una oportunidad, Faith. Puede que no me ames como amaste a tu precioso Taylish, pero puedo hacerte feliz. Has dicho que la atracción que sientes por mí era como un milagro.
—Era... es.
—Cásate conmigo, *cuore mio*.
Corazón. La había llamado corazón. Era una palabra dicha por decir, un intento de manipulación... ¿o lo decía de verdad?
—Tú... yo...
—Por favor.
—Prométeme una cosa.
—¿Qué?
—Que no te arrepentirás.
—Eso puedo prometerlo fácilmente.
—¿Por qué?
—¿Por qué puedo prometértelo?
—¿Por qué es fácil?
—¿Aún no lo has descubierto? He roto mi promesa a Maura. Te amo. Llenas mi corazón. Eres mi corazón.
—No, tú no. No puedes. Dijiste...

—Muchas cosas que deseaba que fueran verdad, pero la única verdad es que te amo.

—Pero no te hace feliz.

—Nunca antes he roto una promesa. No pude salvar a Maura y ahora no puedo mantener la promesa que le hice.

—¿Te hizo prometer que no volverías a amar a nadie? —así no parecía la mujer de la que Agata le había hablado.

—Se lo prometí en la tumba. Le dije que nadie la reemplazaría en mi corazón.

Faith sintió que la liberación le recorría todo el cuerpo. Se echó a reír y el sonido de felicidad hizo que Tino dejara de pasear.

—¿Te parece divertido que comprometiera mi honor?

—De nuevo vuelves al todo o nada. Amarme a mí no significa que Maura no tenga su sitio en tu corazón. Tiene un lugar en el mío también, porque te amaba y porque dio a luz a un niño al que quiero mucho.

—Pero no a su padre. Lo comprendo. Amabas tanto a Taylish que no puedes amar a otro. Debería estar agradecido. Estás embarazada de un hijo mío y eso es un gran regalo.

—Amaba a Taylish, pero ni mucho menos como te amo a ti.

—¿Qué quieres decir?

—Amaba a Taylish, pero jamás estuve enamorada de él. He estado enamorada de ti desde la primera vez que hicimos el amor.

—Eso no es posible.

—Más que nada en el mundo.

—Yo... eso es difícil.

–¿Hablar de tus sentimientos? –sonrió.

–Sí, no es algo que me guste hacer.

–Me has dicho que me amabas, eso es todo lo que necesito saber.

–No, te mereces toda la verdad.

–¿Qué te has dejado?

–Maura fue el amor de mi juventud, tú eres el amor de mi vida. Me dolió su muerte. Lloré mucho tiempo, pero si te perdiera a ti, me moriría.

Faith se lanzó a sus brazos y se besaron.

–Sólo una cosa más, Tino.

–¿Sí?

–Las promesas a los muertos no cuentan. Causan más pena que consuelo, déjalo pasar.

–Parece que sabes de lo que hablas.

–Así es. Hice una promesa a Tay después de su muerte.

–¿Cuál?

–Que no trataría de formar una familia con nadie más –suspiró y lo besó en la mandíbula–. La promesa la hice para protegerme, no por él. Así pensaba que no volvería a sufrir y, cuando me di cuenta, la olvidé.

–Me alegro de que fueras más sabia que yo.

–Te recordaré esa frase la próxima vez que discutamos.

–Tienes mi permiso, pero no me recuerdes jamás que he sido un canalla egoísta cuando sólo éramos amantes. No lo olvidaré nunca.

–Tino, todos cometemos errores, pero el amor auténtico perdona y olvida.

–Eres más de lo que merezco.

–Sigue pensando eso, pero recuerda que tú eres mi milagro.

—Te amo, *cuore mio*.
—Te amo, Tino, más que a la vida.

Se casaron en su primer aniversario.

Agata se las arregló para conseguir una iglesia preciosa y llenarla de familiares y amigos. Faith no era consciente de cuántos amigos tenía entre la comunidad de artistas y en la escuela de Gio.

Al mirar a Tino delante del altar supo que era feliz casándose con ella y que su culpa había desaparecido. Habían visitado la tumba de Maura con Gio. La excursión pareció provocar en los dos una sensación de cierre.

La boda fue lo que siempre había soñado y creído que jamás tendría.

Tino había tenido razón en una cosa, quizá en más de una, que ella ya tenía una familia. Los Grisafi la aceptaron como una de los suyos de un modo incondicional. Incluso el hermano de Nueva York asistió a la boda.

Calogero ayudó a Tino a convertir una sala con mucha luz del primer piso en un estudio para Faith.

En ese momento dudaba con la mano apoyada en la puerta de su habitación. No habían hecho el amor, incluso cuando el primer trimestre había terminado oficialmente hacía dos semanas.

Tino había dicho que quería esperar a la noche de bodas. Su paciencia había incrementado la admiración por ese hombre asombroso que ya era su marido.

Empujó la puerta y entró en la habitación. Tino estaba de pie al lado de la cama con un pijama blanco.

—¿Blanco? —preguntó ella con una sonrisa.
—Es nuestra primera vez.

–Como marido y mujer.
–Como hombre y mujer que han reconocido su amor y prometido llevarse en el corazón.
–Voy a llorar.
–No, vas a amar.
Ella asintió demasiado emocionada para hablar.
–Ven aquí, *cuore mio* –le pasó el brazo por los hombros.
Fue con él y se abrazaron un largo tiempo sin decir nada. Finalmente él dijo:
–Gracias.
–¿Por qué?
–Por unirte a mí. Por enamorarte de mí y no huir con mi hijo. Por ser la preciosa mujer que eres.
–Gracias Tino por darme una familia de nuevo. Por ser tú y, sobre todo, por amarme.
–Siempre te amaré.
–Te creo.
La boca de él se acercó a la suya y se besaron de un modo increíblemente tierno y sensual.
Las lenguas se enlazaron en una danza perezosa. Sus cuerpos no podían soportar ya más tiempo la separación.
Aunque llevaban durmiendo juntos unas semanas, Faith sintió la necesidad de volver a aprenderse el cuerpo de él. Dejó que sus manos lo recorrieran libremente.
El latido rápido de su corazón le decía que estaba tan excitado como ella mientras sus grandes manos la acariciaban de un modo que le llegaba a lo más profundo. Lo necesitaba.
–Tengo una imagen de ti redonda vestida sólo con una camisa mía mientras modelas.
–¿Una fantasía? –preguntó con una carcajada áspera.

—Una profecía, espero.

—Eres tonto.

—¿Porque anhelo verte enorme por el embarazo?

—No es precisamente sexy.

—Bueno, puedo decirte que la imagen hace que se me doblen las rodillas de deseo.

—¿En serio?

—Te amo. Ver cómo el fruto del amor cambia tu cuerpo es lo más excitante que imagino.

—Te recuerdo que pareceré un globo.

—Confía en mí.

—Confío en ti, Tino.

—Gracias —volvió a besarla.

Se desnudaron mutuamente y después la llevó en brazos a la cama con tierno cuidado. La acarició con suavidad y ella le devolvió el favor sosteniendo con las dos manos su erecto sexo.

—Te deseo —susurró ella.

Él asintió y se entregó a ese deseo. Hicieron el amor despacio y subieron a la cumbre en perfecta unidad y con un ritmo mesurado que hizo a Faith sentirse increíblemente querida. El orgasmo la sorprendió tensando su cuerpo y lanzando convulsiones por toda ella. Él llegó un segundo después gritando su amor.

Fue el momento más perfecto de la vida de Faith.

—Te amo, Tino. Con todo mi cuerpo y mi alma.

—*Ti amo*, Faith, que eres mi corazón y me recuerdas que tengo alma.

Epílogo

RAFAELLA Agata Grisafi nació seis meses después de la boda de sus padres. Una hermosa niña de cuatro kilos que dio algunos problemas en el parto a su madre, pero Faith estaba tan feliz de que fuera sana y fuerte que no le importó.

Giosue adoraba a su hermana pequeña y a su nueva madre y creía que tenía la mejor madre y hermanita del mundo.

Valentino pensaba como él. Había perdido a su primer amor, pero había encontrado a la segunda oportunidad la felicidad con una mujer con la que pensaba pasar el resto de su vida.

Ahí tenía Faith lo que siempre había anhelado: una familia.

Bianca™

¡Su belleza hacía arder su corazón!

Por la cama de César Carreño ha pasado una larga lista de guapas mujeres de la alta sociedad hasta que conoce a Jude. ¡Su belleza inmaculada hace arder su sangre española!

Jude se esfuerza por encajar en el exclusivo mundo en que vive César. Pero su inexperiencia pronto se pone de manifiesto: está esperando un hijo de él. Para César, sólo existe una opción… el matrimonio. Después de todo, él es un Carreño. Y, como Jude pronto descubre, su proposición no es una pregunta… ¡es una orden!

Alma de fuego

Cathy Williams

¡YA EN TU PUNTO DE VENTA!

Acepte 2 de nuestras mejores novelas de amor GRATIS

¡Y reciba un regalo sorpresa!

Oferta especial de tiempo limitado

Rellene el cupón y envíelo a
Harlequin Reader Service®
3010 Walden Ave.
P.O. Box 1867
Buffalo, N.Y. 14240-1867

¡Sí! Por favor, envíenme 2 novelas de amor de Harlequin (1 Bianca® y 1 Deseo®) gratis, más el regalo sorpresa. Luego remítanme 4 novelas nuevas todos los meses, las cuales recibiré mucho antes de que aparezcan en librerías, y factúrenme al bajo precio de $3,24 cada una, más $0,25 por envío e impuesto de ventas, si corresponde*. Este es el precio total, y es un ahorro de casi el 20% sobre el precio de portada. !Una oferta excelente! Entiendo que el hecho de aceptar estos libros y el regalo no me obliga en forma alguna a la compra de libros adicionales. Y también que puedo devolver cualquier envío y cancelar en cualquier momento. Aún si decido no comprar ningún otro libro de Harlequin, los 2 libros gratis y el regalo sorpresa son míos para siempre.

416 LBN DU7N

Nombre y apellido   (Por favor, letra de molde)

Dirección   Apartamento No.

Ciudad   Estado   Zona postal

Esta oferta se limita a un pedido por hogar y no está disponible para los subscriptores actuales de Deseo® y Bianca®.
*Los términos y precios quedan sujetos a cambios sin aviso previo.
Impuestos de ventas aplican en N.Y.

SPN-03   ©2003 Harlequin Enterprises Limited

Deseo™

Fuego eterno
Day Leclaire

Severo Dante y sus hermanos siempre habían hecho caso omiso de los rumores sobre el Infierno, un deseo explosivo que golpeaba a los varones Dante la primera vez que veían a su alma gemela. Pero entonces Severo conoció a la diseñadora de joyas Francesca Sommers y quedó atónito por la atracción descarnada, urgente y mutua que sintieron.

Francesca, que era una estrella ascendente en una compañía rival, había creado una colección deslumbrante que podría estropear los planes de Severo de reconstruir el imperio de los Dante. Su solución: chantajearla para que aceptara trabajar para él... y algo más, hasta que la candente aventura se enfriara.

Algunas llamas jamás se pueden apagar

¡YA EN TU PUNTO DE VENTA!

Bianca

¡De limpiadora a amante de un millonario!

Para quitarse de encima a las mujeres que lo perseguían, el millonario Salvatore Cardini le propuso impulsivamente a la mujer de la limpieza de su oficina que lo acompañara a una cena.

Jessica aceptó, reacia, pero, ¿quién diría que no a un hombre tan atractivo y poderoso? Él estaba en la lista de los hombres más ricos del mundo, y en cambio ella tenía dos empleos para sobrevivir. Además, no se había dado cuenta de que su papel no era sólo ir de su brazo en público, ¡sino también ser su amante en la intimidad!

El millonario y ella

Sharon Kendrick

¡YA EN TU PUNTO DE VENTA!